어머니의
인생 승부수

어머니의
인생 승부수

김태현

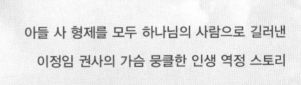

아들 사 형제를 모두 하나님의 사람으로 길러낸

이정임 권사의 가슴 뭉클한 인생 역정 스토리

책 발간에 즈음하여

국수교회 김일현 목사

나는 어려서부터 성경을 배우며 자랐다. 천지창조로부터 노아 홍수 등 태곳적 이야기를 비롯해서 모세와 다윗 같은 위인들의 이야기도 들었고, 산상보훈처럼 삶의 길잡이가 되어줄 귀한 교훈들도 배웠다. 하지만 내게 있어 성경은 한낱 옛날이야기나 단순한 교훈이 아니었다. 그 이유는 평생을 오직 신앙으로 살아오신 어머님이 계셨기 때문이다. 북한 공산치하에서도 신앙을 지키며 살아오시다가 대한민국으로 내려와 나의 어머님이 되신 분, 그분이 보여준 삶은 성경이 지금도 여전히 살아 움직이고 있는 하나님의 말씀임을 내게 보여주셨다. 이해하기 어려웠던 성경의 이야기들도 어머님의 삶의 간증을 통해 자연스럽게 내 삶의 한 부분이 될 수 있었고, 믿음으로 살아가시는 그분의 삶을 보며 자란 것이 내게 자양분이 되어 후회 없는 목회자의 길을 가게 되었다고 생각한다.

어머니의 인생 승부수

이제는 인생의 황혼기를 맞으신 어머니, 90세 연세에도 건강하게 곁에 계시고 부족한 아들을 위해 기도해 주시는 어머니와 함께 지내고 있다는 것이 내가 가진 가장 큰 무기이며 자부심이다. 하지만 언제까지나 내 곁에 머물러 계실 수 없는 분이기에 속절없이 흘러가는 지금의 시간들이 아쉽기만 하다. 또한 어머니에 대한 옛이야기마저 하나씩 잊혀가는 것이 내 소중한 자산들을 잃는 것 같아 안타깝기만 했다. 그래서 언제부터인가 나는 어머니와 이야기를 나누는 동안 그 말씀 하시는 것들을 음성 기록으로 녹취하고 있었다, 두고두고 기억하고 싶었기 때문이다. 하지만 이런 생각을 가졌던 것이 나만은 아니었던 모양이다. 특히 글을 쓰기 좋아하는 바로 아래 아우가 어느 날 아예 팔을 걷어붙이고 나선 것이다.

그는 어머니와 인터뷰를 진행하여 내용을 요약하고 심지어 필리핀 선교지에서도 계속 화상 통화로 옛이야기들을 나누었다. 글을 쓰다가 이해가 안 되면 당시 상황을 설명하며 어머니의 기억을 되살리려고 노력했다. 그래서 탄생한 이 한 권의 책! 이 책은 우리 형제들이 공유하고 싶은 어머니에 대한 추억이며 우리 자녀들에게 계속 들려주고 싶은 할머니의 믿음의 발자취이다. 또한 우리만 알고 있기에는 너무나 아까워 더 많은 분들에게 소개하고 싶은 이야기들이다.

언제까지라도 간직하고 싶은 소중한 기억들을 두고두고 새겨볼 수 있게 해 준 필자이며 사랑하는 아우인 김태현 목사에게 모든 형제들과 가족을 대신해서 고마움을 전한다.

축하하는 글

산돌교회 윤용호 장로

먼저 귀한 책을 출간하게 된 것을 진심으로 축하드리며 동시에 이 정임 권사님의 90세 생신을 축하드린다. 저자와 어린 시절을 함께 지 낸 친구로서 이런 축하의 글을 쓰게 되니 너무나 감사하고 영광스러 울 뿐이다. 이정임 권사님은 나의 부모님과 생전에 같은 교회를 섬기 셨는데 누구보다 더 열심히 교회에 충성하셨던 분으로 기억에 생생 하다. 글을 통해 두 내외분을 대하면서 하늘나라에 먼저 가신 내 부 모님 생각도 할 수 있었다.

이 시대 모든 어머니의 일생이 자녀에 대한 사랑과 희생이 전부라 고 말하지만 우리 권사님에게는 또 다른 하나의 수식어가 더해져야 할 것 같다. 그것은 바로 신앙의 교사이며 지혜의 스승이라는 점이 다. 험한 삶의 여정 가운데 모든 순간순간마다 하나님께 의탁하여 믿음으로 순종하는 것을 자녀들에게 그리고 다음 세대들에게 가르

어머니의 인생 승부수

치신 영적 교사이기 때문이다. 그 가르침은 믿음과 신앙의 노선에서 한 치의 흔들림이나 망설임 없이 일관되어 오랜 세월이 지난 지금까지도 꾸준히 지속되고 있음이 분명하다.

　동시에 이정임 권사님의 일생은 어린 시절부터 지금까지 심지어 이 땅에서의 마지막 순간까지 하나님께서 동행하시는 증거가 있는 삶이다. 전쟁 이후 어려운 생활 속에서도 세상과 타협하지 않고 강직하게 한길만을 걸어오셨고, 순간순간의 어려움들을 믿음과 기도로 극복해 오셨다. 이러한 강직함은 하나님의 공의로움으로 뿌리내려진 부모님의 유전자를 통해 믿음의 명가를 이루었다. 또한 권사님은 현재뿐만 아니라 미래에 대한 준비성이 탁월하신 것이 삶의 순간 속에 번뜩이는 지혜로 이 책 곳곳에 나타나 있어 읽은 후세들에게 많은 교훈이 될 것이다.

　평생의 선물로 허락하신 네 아들들이 오늘도 권사님의 기도 가운데 대를 이어 목회자의 사명을 잘 감당하고 있으니 이보다 큰 복이 어디에 있겠는가? 그동안 불굴의 신앙으로 기도의 끈을 놓지 않으신 권사님께서 생명의 근원 되신 하나님께 모든 것을 의탁하고 남은 생을 복되게 살아가시길 축복하며 다시 한 번 구순 생신을 축하드린다. 마지막으로 신앙으로 살아오신 어머니의 일대기를 정성을 다해 기록으로 남긴 친구가 부럽고 자랑스럽다. 이 귀한 책을 읽게 되는 모든 분들에게도 하나님이 주시는 지혜와 깨달음이 충만하시기를 기도드린다.

축하하는 글

추천하는 글 ①

조성기 목사
전) 총회 사무총장, 현) 숭실사이버대학 이사장

세상 모든 어머니는 그 존재 자체로 흠모와 존중을 받아야 한다. 특히 하나님의 귀한 종들을 배출해 낸 어머니들은 더욱 그러한데, 우리가 아는 성경에서뿐만 아니라 신앙의 큰 인물 뒤에는 반드시 그 어머니의 헌신과 기도가 있었기 때문이다. 오늘 이 책에 소개되는 이정임 권사가 바로 그러한 어머니의 표상이다.

올해 90세를 맞는 이정임 권사는 일제치하에서 태어나 해방을 맞이했고 공산정권의 기독교 탄압을 경험했으며 6·25 전쟁과 월남, 그리고 남한에서의 치열한 젊은 날을 보냈다. 그러한 가운데도 그녀는 명석한 두뇌와 용기, 담대함과 강인함으로 추진력과 지도력을 차츰 겸비해 나갔다. 1950~60년대 우리의 척박한 교육 풍토에서 기독교 대안학교이며 사회 선교자산이었던 성경구락부의 유능한 교사가 되었고 삼동부녀회관과 안양보육원에서 리더십을 발휘하며 교육과 선교의 삶을 배우게 된다. 또한 신실한 청년 김종림을 만나 가정을 이루어 다섯 자녀의 어머니가 되었고, 높은 교육열과 헌신으로 자녀들의 특징과 재능을 개발하면서 신앙으로 그들을 양육했다. 또한 교회학교 교사 혹은 집사로서 교회에서 봉사하며 탁월함을 나타내 여전도회 운영을 주도했고, 신학교를 졸업한 후에는 여교역자로 활동하고, 후에는 남편의 목회를 내조하는 사모로서 최선을 다하다가 은퇴 후, 권사 임직을 받아 끝까지 주님의 몸 된 교회를 섬겼다.

이정임 권사가 키운 4형제 목사는 어머니의 신앙교육과 기도 덕분으로 모두 훌륭하게 성장하여 현재 총회와 한국교회에 이바지하는 보배로운 일꾼으로 우뚝 서 있다. 김일현, 김태현, 김정현, 김보현 4형제 목사는 각 분야에서 두각을 나타내며 목회현장 혹은 선교현장을 모델화하였으며 더더욱 막내 김보현 목사는 현재 총회의 사무총장으로 그리고 삼남 김정현 목사는 세계선교부장으로 총회의 큰 사역을 감당하고 있다.

이정임 권사는 노년의 삶에도 모범을 보여 자녀들에게 조기 유산분배를 실천하고, 요양원으로의 결행 의지를 미리 공포하고, 연명을 위한 생명연장 의료행위 포기각서를 제출하고, 자신의 장례를 위한 용품을 미리 준비하는 등, 천국 순례 길을 예비하는 구체적인 믿음의 행보를 보여줌으로써 자녀들과 주변을 숙연케 했다. 지금도 성경 읽기와 필사를 통해서 하나님의 말씀을 최고의 기준으로 삼아 살

추천하는 글

아가고 있으며 4형제 아들 목사를 위해 변함없는 기도로 전심전력을 다 하고 있다.

　나와 이정임 권사 가족과의 만남은 숭실대학교 재학시절 면목교회 교회학교 교사로 활동하던 때이다. 당시 내 어머니는 그 교회 초대 여전도사로 사역을 하셨기에 새로 이사 온 일곱 식구를 반가운 마음으로 맞이했으며, 교회학교 교사인 나는 자연스럽게 다섯 자녀들의 성장과 활동을 계속 지켜볼 수 있었다. 그 후 스승과 제자로서, 그리고 같은 길을 가고 있는 선배와 후배 목사로서 함께 걸어온 지 만 50년의 세월이 흘렀다. 오랜 시간이 지나 이제 이정임 권사님의 연세가 90세가 되었지만, 여전히 건강하고 활력 넘쳐 보여 감사하고 그 아들들이 교계의 중견 목사들이 되어 활동하는 모습을 바라보니 가슴 뿌듯함을 금할 길 없다. 단 한 가지 아쉬움이 있다면 딸 혜경 사모를 지금 볼 수 없다는 것이 안타까울 뿐이다.

　나는 필자인 김태현 목사가 보내 준 원고를 단숨에 읽고 또 읽었다. 감동과 전율이 계속되는 가운데 이정임 권사님보다 20년 연상이셨던 내 어머니 강신의 전도사님의 모습이 읽고 있는 원고 위에 클로즈업되어서 나 또한 그리움과 감사함으로 울면서 그 원고를 계속 읽었다. 어머니의 모습이 그립고 보고 싶어 마음에 사무쳤다.

　이토록 벅차고 감동 넘치는 어머니의 삶에 관한 글을 아들 김태현 목사가 기록하여 어머니의 90세 생신을 앞두고 발간을 서두르고 있다. 교회사가인 김태현 목사가 영성과 필력으로 펼치는 이 글은 그 울림이 깊고 넓다. 이정임 권사를 아는 분들은 물론 한국교회의 많은 분들이 이 책을 읽기를 추천한다. 인생의 굽이굽이 어려운 순간마다 믿음의 승부수를 던지며 기도로 이겨내신 어머니, 그리고 그 아들들을 교계의 거목들로 키워낸 여장부를 여러분들은 이 책에서 만나게 될 것이다.

이 책을 읽게 될 모든 믿음의 어머니들에게는 도전과 분발함이, 자녀와 젊은 세대들에게는 본받음으로 누리게 될 은혜와 축복을 그려보며 출판의 축하와 함께 큰 기쁨으로 이 책을 추천드린다.

> 모든 것이 주의 은혜,
> 그 은혜에 감사, 주님께 영광,
> 할렐루야

추천하는 글 ②

이형우 원로목사(한울교회)
『나는 행복한 바보목사입니다』 저자

부족한 사람이 김태현 목사 저서의 추천사를 쓰게 됨을 하나님께 감사드리며, 먼저 이런 귀한 글로 사랑하는 어머님을 기리는 김 목사를 칭찬하고 싶다. 김 목사는 나와 한국목사합창단에서 만나 오래 인연을 맺어온 분으로 성실하게 한국에서 목회사역을 감당하다 갑자기 필리핀으로 떠났다. 몇 년 후 그곳의 제자들을 데리고 나와 공연하는 모습은 나에게 깊은 감명을 주었고, 내가 한국목사합창단 단원으로 필리핀을 방문했을 때 그의 선교사역을 보며 큰 감동을 받았다.

김 목사는 한국에서 양평지역 향토교회사와 여전도회전국연합회 역사책을 저술하였고 지금은 선교사가 되어 세계에 파송된 우리 한국 선교사들의 발자취를 좇아 기록을 남기는 일을 하고 있다. 이렇게 김 목사가 심혈을 기울여 기록한 것들은 훗날 선교를 희망하는

어머니의 인생 승부수

이들에게 좋은 길잡이가 되고 새로운 사역을 계획할 수 있는 훌륭한 자료가 될 것이다. 그런 의미에서 김 목사님의 이러한 기록 사역은 역사에 길이 남을 업적이 되리라고 생각한다.

이런 많은 경험을 토대로 어머니의 어린 시절부터 90세까지 살아오신 삶의 여정을 상세히 기록한 이 책은 앞으로 세상의 많은 자녀가 부모님의 전기를 펴내게 하는 좋은 길잡이가 될 것이다. 자녀들이 부모님의 옛 기억을 모아 살아생전에 자서전을 만들어 드린다면 얼마나 큰 기쁨이 될까. 그런 의미에서 이정임 권사님은 참으로 행복한 분이다. 4형제 모두 훌륭한 목회자로 키워내며 삶의 위기 때마다 기도로 승부를 걸어오신 믿음의 어머니 이야기… 누구나 읽으면 감동을 받게 될 것이며 또한 신앙 자녀 양육의 훌륭한 지침서가 될 책이다.

여전도사와 사모로써 사역하시고 은퇴 후에는 아들 교회의 권사로서 주어진 사명을 감당해 오신 어머니! 자녀들을 돈과 명예와 권세를 목표로 키우다가 믿음의 계대에서 실패하는 수많은 이의 슬픈 모습을 보게 되는데 이 책은 우리 신앙인들의 자녀들을 어떤 자녀로 어떻게 키울 것인가에 대한 해답서이며 앞으로 남은 생애를 어떻게 살아가야 할 것인가에 대한 롤 모델이 될 것이다. 꼭 한번 이 책을 읽어 보기를 자신 있게 추천한다. 이런 귀한 책을 한국 교회와 성도들에게 읽도록 기회를 주신 김태현 목사의 수고에 격려와 찬사의 박수를 보낸다.

추천하는 글

추천하는 글 ③

박성배 박사
『한국 교회의 아버지 사무엘 마팻』 저자

　이정임 권사님의 구십 평생 믿음의 여정(旅情)이 담겨있는 책『어머니의 인생 승부수』의 출간을 진심으로 축하드린다. 이정임 권사님은 구십 평생을 기도로 살아오면서 사형제를 목회자로 키워낸 큰일을 해내셨다.

　『어머니의 인생 승부수』 출간을 위해 이정임 권사님의 차남 김태현 목사께서 많은 수고를 하셨다. 김태현 목사는 『어머니의 인생 승부수』를 시작으로 한국 교회와 세계선교의 기록을 써 나가는 일에 계속 쓰임 받으리라 믿는다. 이형우 목사를 통해 김태현 목사를 만나 책 출간을 의논하면서 하나님의 오묘한 섭리와 인도하심을 깊이 느낄 수 있었다. 셋째인 김정현 목사와는 동두천 동성교회에서 여러 번 만났고, 막내인 김보현 목사와는 용문고 선후배 사이로 귀한 교제를 이어오고 있었기 때문이다. 한국 교회에 귀한 사역들을 감당하시는 사형제를 믿음과 기도로 키워내신 어머니 이정임 권사님의 생애에 큰 존경(尊敬)와 감사(感謝)를 드리며 추천(推薦)의 말씀을 드린다.

첫째로, 『어머니의 인생 승부수』는 기도하는 한 사람의 어머니가 얼마나 위대한 믿음의 발자취를 남길 수 있는가를 보여주는 믿음과 기도의 행전(行傳)이다. 성경 사무엘서에 나오는 기도의 어머니 한나처럼, 이정임 권사님은 일평생 자녀들을 위해 기도하시므로 사무엘 같은 귀한 목회자 사형제를 한국 교회의 큰 기둥들로 키워내셨다. '기도하는 어머니는 위대하다'는 교훈과 용기를 얻을 수 있는 귀한 책이다. 책 출간과 함께 이정임 권사님은 이제 사형제를 위한 기도를 넘어 한국 교회와 세계선교를 위해서 기도하는 권사로 축복의 통로가 되셨으면 한다.

두 번째로, 어머니 이정임 권사님의 기도로 성장한 사형제가 각 영역에서 모범적인 사역을 하므로 한국 교회에 모범이 되었기에 이 귀한 기록이 담긴 책을 적극 추천한다. 이번에 김태현 목사를 만나서 교제를 해보면서 그 신실한 삶에 부러움을 느꼈다. 국수교회에서 아름다운 목회사역을 감당하시는 장남 김일현 목사와 동두천 동성교회 삼남 김정현 목사, 그리고 대한예수교장로회 총회 사무총장을 맡아 수고하시는 막내 김보현 목사 모두 어머니의 기도 속에서 더욱더 큰 역할을 하기를 기대한다. 사형제 목사들은 이제 한국 교회와 세계선교의 보배(寶貝)이며 믿음의 자산(資産)이다.

세 번째로, 『어머니의 인생 승부수』는 이정임 권사님의 믿음과 기도를 통해서 귀한 삶을 살아가는 사형제 목사와 그 자녀들에게 뿐만 아니라 한국 교회에도 귀한 믿음의 보고(寶庫)이다. 이정임 권사님 같은 훌륭한 어머니를 보내주시고 세워주신 하나님께 감사과 영광을 올려드린다. 많은 분이 이 책을 통해 믿음과 용기를 얻기를 기원한다.

글을 시작하면서

김태현 선교사

2022년, 어머니 이정임(李貞姙) 권사의 연세가 올해로 90세가 되셨다. 10년 전, 필리핀 선교사로 파송 받아 집을 떠나면서 80세가 되신 어머니께 작별 인사를 드릴 때, '내가 선교사 임기를 마치고 돌아올 때까지 과연 살아계실까? 나도 여느 선교사들처럼 어머니의 임종도 보지 못하고 부고를 받고 달려와야 하는 것이 아닌가?'라는 서글픈 마음이 들었었다. 그런데 벌써 10년의 세월의 흘렀고 어머니께서 건강하게 90세를 맞이하셨다. 앞으로 5년은 더 필리핀에서 사역해야 하는데 만일 귀국할 때까지 어머니께서 살아계신다면 95세, 지금은 건강하셔서 100세까지도 사실 것 같으나 노인의 건강은 장담할 수 없는 일이기에 그저 하루하루 건강하게 지내시기만을 바라는 마음으로 하나님께 기도드릴 뿐이다. 무엇보다 하나님께서 우리 어머니에게 건강 주셨음을 감사드리며 앞으로도 계속 어머니의 몸과

17

영혼이 강건하시기를 빌어본다.

　내가 어머니에 관한 글을 쓰게 된 동기는 이러하다. 2020년 초, 전세계에 코로나가 확산하면서 필리핀에 있던 나는 본국으로 귀국하게 되었고, 하늘길이 막혀 선교지로 돌아갈 수 없는 기간이 1년 5개월이나 되었다. 어렵고 불편한 삶이 이어지긴 했으나 이 코로나 기간으로 말미암아 우리 내외는 1년 5개월간을 어머니와 함께 지내며 많은 옛 이야기를 나눌 수 있었다. 역사 기록에 관심이 많았던 나는 어머니의 연세가 곧 90세가 되시니 구순(九旬) 기념 책을 출간하면 좋겠다는 생각을 했다. 어머니의 삶은 여러 신앙인들 가운데도 흔치 않은 다양한 일들로 점철되어 있었기에 그 이야기들을 모아 책으로 출간하면 후세에나 한국교회 여러 가정에 좋은 영향을 줄 수 있을 것이라는 마음이 들었기 때문이다.

　2012년 필리핀 선교사로 나간 이후 나는 매달 선교소식을 정성껏 작성하여 한국에 있는 후원자들과 교회에 보내왔다. 이 일로 PCK(대한예수교장로회 통합) 선교사 중 가장 선교기록을 꼼꼼히 남기는 선교사라는 이야기를 듣기도 했다. 선교지의 소식과 더불어 한국 선교사들에 관한 기록을 세상에 남기는 것이 내게 주어진 사명이라는 마음으로 지금도 은퇴 선교사님들의 발자취를 좇고 있다. 그러던 중 코로나로 인해 한국의 집에 머물며 어머니에 관한 글을 쓰게 된 것은 참으로 기쁘고 감사한 일이 아닐 수 없다. 글을 쓰는 가운데 어머니와 한평생 함께 동행해주셨던 우리 주님의 손길을 순간순간 발견할 수 있었던 것은 주님의 큰 은혜가 아닐 수 없다. 이 글을 함께 나누는 모든 분들께도 동일한 은혜가 있기를 기도해 본다.

Part _ 1 출생과 공산치하, 아버지의 교훈

Part 1

출생과 공산치하,
아버지의 교훈

이사야 43장 1절

야곱아 너를 창조하신 여호와께서 지금 말씀하시느니라

이스라엘아 너를 지으신 이가 말씀하시느니라

너는 두려워하지 말라

내가 너를 구속하였고 내가 너를 지명하여 불렀나니

너는 내 것이다.

이정임의 출생과
아버지의 신앙적 교훈

　이정임(李貞姙)은 경기도 장단군 선적면에서 1933년 8월 21일 부친 이재극과 모친 이살로메 사이의 3남 3녀 중 막내로 출생했다. 그녀는 출생 후 일 개월 만에 강원도 철원군 어운면의 월정감리교회 전도사로 부임하게 된 부모님의 품에 안겨 이사하면서 그곳에서 어린 시절을 보내게 된다.

　당시는 일본이 조선을 지배하던 시절이라 부모님의 목회생활은 상당 부분 일본 경찰의 감시와 강압 아래 이루어졌을 것임을 추측할 수 있다. 어린 시절의 기억으로 어느 주일 아침, 일본 주재소 사람들이 교회로 몰려와 성도들이 가지고 있는 찬송가를 강제로 모두 걷어 간 후 얼마 만에 돌려주었던 일이 있다. 찬송가를 펼쳐보니 '하나님'왕' 그리고 '주'라고 쓰인 단어들이 모두 검은 먹줄로 지워져 있었다. 너무나 어처구니없는 일로, 그 찬송가를 들고 예배시간에 어정쩡하게 찬송을 부르는 성도들을 황당하게 지켜보던 부모님 모습이 기억에 남아 있다. 일본이 조선을 없애려고 황국신민 의식과 신사참배를 강요하던 시절이니 그런 일도 가능했을 것이다. 그래도 아버지 이재극 전도사는 언제나 흰 모자를 쓰고 하얀 모시 두루마기

27

를 차려입은 뒤 시장과 마을로 다니며 전도하는 일을 게을리하지 않았다. 때로 두 내외는 하룻길을 꼬박 걸어 이십 리 떨어진 살래골의 성도들 가정까지 심방하며 돌보았다고 한다.

한편 아버지는 당신이 떠나온 고향 선적면을 잊을 수가 없었던지 5년 만에, 오십의 나이에 여섯 살짜리 귀여운 막내딸 정임을 데리고 기차를 타고, 먼 길을 걸어 친척들이 살고 있는 경기도 장단군 선적면 고향 마을을 찾았다. 이 마을은 전주 이씨 양반들의 집성촌으로 좀처럼 복음을 받아들이지 않던 곳이었다. 그곳에서 이재극이 외국 선교사의 전도를 받아들여 신학까지 하게 되었으니 이런 그를 모든 친척들이 못마땅하게 여겼고, 종래에는 핍박하여 가족들을 마을에서 떠나도록 만들었던 것이다.

고향 마을에 도착한 아버지는 막내딸 정임을 어느 친척 집에 맡기고 인사를 다니며 전도하던 중, 기독교 신앙에 반감이 있던 한 친척 형을 만났는데 그와 시비가 붙게 되었다. 그러더니 함께 있던 다른 사람들까지 합세해 젊은 나이도 아닌 오십이나 되는 사람을 밀치며 때렸다. 친척 집에서 놀고 있던 정임에게 한 언니가 달려오며 "정임아! 정임아! 네 아버지가 사람들에게 몰매를 맞고 있어!"하며 알려주었다. 그 소리에 정임이 울며 달려가 보니 아버지가 둘러선 여러 사람들 앞에 쓰러져 있었다.

어머니의 인생 승부수

이 사건이 어린 정임의 가슴에 깊이 새겨지고 또한 큰 상처가 되었다. 집으로 돌아오는 길, 아버지는 아무 말도 없으셨다. 하지만 고향 친척들에게까지 몰매를 맞으면서도 고집스럽게 전하며 지키려 했던 것이 무엇인가를 정임은 성장해 가면서 조금씩 깨달을 수 있었다.

어린 나이에
어머니와의 이별

　가난한 강원도 마을의 어려운 성도들을 돌아보는 일은 늘 안타까움으로 이어졌다고 한다. 감리교 총리원으로부터 받는 목회자 사례비는 한 달에 좁쌀 한 포대가 고작이었다. 그러나 다행히도 이재극 전도사는 부요한 양반 가정에서 어느 정도의 재산을 물려받았기에 아주 궁핍하지는 않았다. 먹을 것이 없어 굶고 있는 성도들의 가정이 많아서 어머니는 늘 신경을 쓰셨으며, 심방 차 나가실 때는 성경책 외에도 손에 늘 보따리가 들려 있는 일이 잦았다. 어린 이정임의 기억에 어머니는 집에 머무는 시간보다는 거의 매일 성도들의 가정을 심방하는 일이 많아서 어머니와 지낸 시간보다는 나이 차이가 많은 오라버니의 처, 올케언니와 더 많은 시간을 보냈다고 한다.

　부모님은 가난한 교회에서 생활비를 받는 것이 어렵다고 판단하시고 가사 노동으로 수익을 창출해 낼 수 있는 방법을 생각해 내서 솜틀 기계를 구입해 오셨다. 하루 종일 기계를 발로 밟아 솜을 틀어 그 대가로 생활하셨는데, 생활비가 여의치 않던 마을 사람들은 농산물을 가져와서 미안하다며 주고 가기도 했다. 또 어떤 이는 돈이 없어 솜을 못 찾아가면 어머니는 그것을 들고 찾아가서 '어서 빨리 이불을 만들어 덮으라'고 그냥 주고 오셨다. 어린 정임의 기억에도 성도들은 어머니를 너무 좋아해서 늘 엄마처럼, 언니처럼 그렇게 따랐다고 한다.

그런데 정임이 여덟 살 되던 해, 어머니가 계속 왕래하며 간병해 주던 장티푸스 환자 성도로부터 병이 전염되고 말았다. 당시에는 장티푸스 전염병이 대유행을 하던 때였다. 어머니의 열병이 점점 더 심해지며 정신을 못 차리시는데 밖에 문소리가 나기만 하면 헛소리를 하듯 "정숙이 왔니?" 하시며 서울로 공부를 위해 떠난 큰언니를 찾는 것이었다. 그러던 어느 날, 큰언니가 정말 집으로 급히 달려 들어왔다. 어느 누군가 언니에게 어머니의 병환 소식을 알린 모양이었다. 큰언니를 본 어머니는 고개를 끄떡이며 미소를 지으시더니 그날 밤, 조용히 눈을 감으셨다. 어머니 나이 54세이셨다. 상여가 도착하고 장례를 치르는데 철이 없는 어린 정임은 이것이 무엇을 의미하는지도 잘 몰랐다. 어느 친척 가운데 "정임아! 너는 이제 엄마가 없어서 어떻게 하니?" 하고 묻자 그녀는 대뜸 "나는 아버지하고 살지" 라고 대답을 했단다. 사실 아버지 이재극 전도사는 그 누구보다도 늦게 태어난 막내딸을 극진히 아끼고 귀여워했기 때문에 철없는 어린 정임은 "아버지가 계시니까!"라고 안심했던 모양이다. 그러나 인생이란 그런 것이 아니었다. 그녀는 자기를 낳아주신 어머니가 세상에 안 계신 설움을 오랜 세월 동안 깊이깊이 겪어야만 했다.

31

이렇게 어머니의 자리는 비었으나 대신 큰 올케언니와 여섯 살 차이 둘째 언니 정희가 정임의 초등학교 가는 것을 늘 챙겨주었다. 그리고 아버지 이재극 전도사는 상처 4년 후, 새어머니를 맞이했는데 정임과 동갑내기 되는 딸 연순을 데려옴으로써 졸지에 몇 달 차이 언니 노릇을 해야만 했다. 그리고 부모님은 둘째 언니 정희가 일본 군대의 위안부로 끌려나가는 것을 피하기 위해 급하게 출가를 시켰다. 그동안 집안의 기둥 역할을 하던 큰오빠 내외는 새로 꾸려진 아버지의 가정을 위해서 원산으로 이사를 떠났다. 이런저런 이유로 정임의 형제 가족들은 부모를 떠나 뿔뿔이 흩어지게 되었고, 어린 정임은 부모님과 동갑내기 이복동생 연순과 함께 지내게 되었다.

공산치하의
철원사범학교 시절

1945년 8월 15일, 조국의 해방과 함께 철원군 어운면 마을에는 큰 변화가 생겼다. 일본 선생님들이 몰매를 맞듯이 쫓겨 가고 전혀 다른 분위기의 선생님들이 학교에 나타났는데, 그 이유는 철원군이 38선 이북에 속하면서 공산치하가 됐기 때문이었다.

한편 총명하게 공부를 잘했던 정임은 초등학교 졸업 성적이 뛰어나 철원군수 상을 받으며 졸업식을 마쳤다. 집안에서는 상급학교 진학을 생각하지 않고 있었지만, 선생님들이 찾아와서 군수 상을 받은 사람은 필기시험 없이 면접만 보면 된다고 하면서, 철원에 사범학교(예과 2년)가 있는데 국비로 공부할 수 있다고 가르쳐 주었다.

그리하여 정임은 열다섯 살에 철원사범전문학교 예과에 진학했다. 학교에서는 공산당 사상을 강조하고 종교는 아편이라고 비판하면서 이제부터는 노동자들의 세상을 만들어야 한다고 가르쳤다. 그리고 얼마 후 학생들의 성분조사를 하는데 그 많던 기독교 학생들이 다 어디로 갔는지 모두 자신이 기독교인이 아니라며 부정했다. 하지만 이정임 학생은 그럴 수가 없었다. 왜냐하면 아버지 이재극 전도사가 세상이 바뀐 것을 알아차리고 자녀들에게 거듭거듭 "우리는 죽는 일이 있어도 예수님을 절대로 부인해서는 안 된다"라며 엄히 딸들을 단속했기 때문이다.

교무실에 불려가 보니 이미 자신의 신분이 '민주당''기독교''소시민' 으로 분류되었으며 요주의 인물이 되어 있었다. 심문하는 선생님은 '지난 일요일에도 교회에 갔었느냐?''네가 기독교인이면 기도 한번 해봐라. 찬송도 부를 줄 아느냐?' 하면서 자신이 기독교에 대해서 꽤 잘 아는 것처럼 온갖 말로 기독교를 비판하고 회유하려 했다. 정임은 도리어 그 선생님에게 "성경에 대해 알고 싶으세요? 제가 전도사님을 모셔올까요? 아니면 교회로 안내해 드릴까요? 선생님이 말씀하시는 공산당의 4대 법령, 5대 자유 가운데 엄연히 신앙의 자유가 있는데 왜 우리 기독교인들을 압박하시나요?" 하면서 교무실에서 대성통곡하며 항의를 했다고 한다.

열일곱 살이 되어 철원사범전문학교 예과를 졸업하고 본과에 올라가자 더욱 단속이 심해졌다. 주일이면 학교에서 소집을 하여 교회에 못 나가게 하고, 민청위원(민주청년동맹) 선배 학생들을 교회 주변에 배치시켜 감시하여 주일 예배에 참석하는 학생들을 학교당국에 고발함으로써 여지없이 교무실에 불려가 괴롭힘을 당했다. 학교 생활 내내 이런 일이 반복되었는데 교사들은 도저히 안 되겠다고 생각했던지 어느 날 정임 학생에게 이렇게 말했다. "정임 동무는 소신이 뚜렷한 사람이니 국가를 위해 크게 쓰임 받을 거외다. 정임 동

어머니의 인생 승부수

무는 언제든지 준비를 하고 있다가 소집 명령이 있으면 지체 없이 떠날 준비를 하시오!"라고 했다. 이 말의 숨은 뜻이 무엇인가? 너는 회유가 안 되는 악질 반동이니 네가 이제 갈 곳은 죽음의 길밖에 없다는 뜻이었다. 이렇듯 가슴 졸이는 살얼음판 같은 학창 시절이 계속 이어졌다.

6·25
한국전쟁 발발

1950년 6월 26일 월요일 아침, 철원사범전문학교 본과 2학년이던 정임이 학교에 갔더니, 연천 방향과 대광리 방향에서 통학하는 학생들이 "어제 아침부터 무장한 탱크가 무수히 남쪽으로 내려가더라" 라고 하였다. 무슨 일인가 해서 알아보았더니 북한 김일성 정권이 전쟁을 일으켜 남침을 강행한 것이었다. 학교 큰 게시판에 한반도 지도를 만들어 놓고 인공기 빨간 깃발을 꽂아 내려가며 인민군의 승전소식을 매일매일 전하고 있었다. 몇 달이 지났는지 운동장에 전쟁 포로들이 계속 끌려오는데 민간인과 남쪽 군인들도 있었고 심지어 외국 군인들도 잡혀 들어왔다. 한 미군 병사가 목이 말라 간절히 물을 달라고 호소하는 모습을 보고 같은 반의 이철익 학생이 물 한 바가지를 떠다 주었다가 바로 그날 학교에서 퇴학(출학)을 당했다.

그런데 얼마 후 전세가 바뀌어 인민군이 연합군에게 밀리고 학교가 파괴되어 수업이 힘들게 되었다. 학교 당국은 학생들을 모두 소집해서 산골 인목면 마을에 가가호호 4, 5명씩 분산 기숙을 시키며 학습을 진행했다. 그들은 학생들을 앞으로 어떻게 해야 할지 대책을 세우는 것 같았다. 정임은 배치된 가정집에서 물지게를 지어 날라주고 청소하며 부지런히 심부름을 해 주었더니 집주인이 좋아하면서 밥도 든든히 먹여 주었다. 하지만 다른 집 학생들은 어떻게 지내는지 알 수가 없었다. 정임은 동생 연순이가 걱정이 되어 "내가 더 열심히 일을 할 터이니 저 건너편 집에 있는 내 동생을 데려오게 해 달라"고 부탁하여 연순을 데려다가 함께 지냈다.

연합군의 기세가 점점 강해지면서 철원과 월정리 지역의 전세가 불리해지자 학교 당국은 휴교를 선포하고 학생들에게 모두 집으로 돌아가라고 했다. 정임은 동생 연순을 데리고 부모님이 계신 교회 사택으로 달려가 보았으나 집은 비어 있었고 부모님도 보이지 않았다. 무슨 일인가 하여 알아보니 연합군이 철원군을 장악한 후 공산 정권이 세워놓은 마을의 양로원 운영자가 도망가자, 아버지 이재극 전도사가 마을 유지들의 추천을 받아 그곳 운영 책임자가 되어 있었다.

그곳은 옛날 부호 양반의 아흔아홉 칸 저택을 인민군이 빼앗아 불편한 노인들을 격리시켜 운영하는 오늘날로 말하면 노인 요양원이다. 어찌 됐든 정임은 부모님 계신 곳으로 돌아오니 너무나도 좋았다. 부모님도 기뻐하시며 하나님께 감사를 드렸다. 그런데 며칠이 지났을까? 하늘에서 폭격기 소리가 요란하더니 폭탄이 투하되는데 무시무시한 폭음이 천지를 뒤엎었다. 폭격이 끝나고 느낌이 이상해서

37

옛날 살던 집에 아버지와 함께 가보았더니 주택은 온데간데없고 연못만 한 크기의 큰 웅덩이가 그 자리에 패여 있었다. 집 안에 있던 돌절구는 약 500미터 떨어진 곳에서 발견됐다. 폭탄의 위력이 정말 대단했다. 연합군 비행기 B29의 1톤짜리 폭탄이 정통으로 정임이 살고 있던 집에 떨어져 흔적도 없이 사라지고 만 것이다.

만약에 그 집에 온 가족이 살고 있었더라면 일시에 모두 참사를 당하고 말았을 것이다. 하나님께서 그 가정에 다가올 재난에 앞서 정임의 온 가족을 다른 곳으로 미리 옮겨 놓으신 것임을 깨닫고 아버지 이재극 전도사와 열여덟 살의 청년 정임은 가슴을 쓸어내리며 하나님께 감사를 드렸다.

아버지를 처형하겠다고?

정임이 살고 있던 철원의 월정리 마을은 주인이 번갈아 바뀌었다. 연합군이 들어와 장악을 하더니 또 얼마 지나서는 인민군대가 들어와 큰소리를 치고 다녔다. 어느 날, 인민군 한 패거리가 양로원에 총을 들고 나타나더니 "원장 동무! 나오시오!" 하면서 위협을 했다. 그러면서 그동안의 물품 장부를 내놓으라고 하더니 호령했다.

"저 창고에 소금 열 가마니가 있었는데 어디로 간 것이오? 당장 소금 열 가마니를 이리 가져오시오!"

"나는 소금이라고는 본 일이 없으며 전혀 모른다."

아버지가 대답하자 인민군들이 아버지를 총으로 위협하며 당장에라도 총살을 감행할 기세였다. 이때 열여덟 살 딸 정임이 앞으로 쑥 나서며 말했다.

"아버지! 똑똑히 말씀하세요. 소금가마니 보신 적 있으세요?"

"나는 못 봤다! 저 사람들이 무슨 소리를 하는지 나는 모르겠다."

아버지 대답에 정임은 뒤돌아서 주변에 벌벌 떨고 있는 노인들에게 호령하듯이 물었다.

"노인 동무들! 우리 아버지가 소금가마니 옮기는 것 본 적이 있습

39

니까? 본 사람이 있으면 이리 나와서 떳떳이 증언하세요. 여러 어르신들이 몸이 불편한 것이지, 입이 불편한 것이 아닌데 어찌 한마디도 못하고 있습니까?"

그리고는 인민군들을 향해서도 물러서지 않고 말했다.

"동무들! 쏠 테면 쏘시오! 동무들이 없는 동안 성실히 이 병든 노인들을 돌본 우리 아버지를 이제 와서 도둑놈 취급하십니까?"

정임이 인민군에 당당히 맞서자 찬물을 끼얹은 듯 주변이 조용해졌다. 그러더니 아버지를 겨누고 있던 인민군의 총구가 아래로 내려졌다. 그러자 비로소 노인반장이라고 하는 사람이 벌벌 떨면서 "우리 원장님은 여기저기서 양식 구해다가 우리 먹이시느라 고생 많이 하셨습니다"라며 변호를 했다.

하지만 인민군 분대장은 작은 목소리로 "끌고 가자!" 하면서 아버지를 밀쳐 앞세우더니 몰려나갔다. 정임은 통곡을 하면서 "아버지! 아버지!" 외쳐 불러 보았지만 비정한 인민군들은 눈 덮인 흰 벌판으로 아버지를 끌고 점점 멀리 가버리고 말았다.

"하나님! 우리 아버지 살려주세요!"

정임은 주저앉아 울면서 소리쳐 기도했다. 인민군은 연합군이 들어왔을 때 그들에게 협력하여 양로원 원장직을 맡은 이재극 전도사가 못마땅했던 것이고, 이 기회에 누명을 씌워 제거하려는 계획이었다. 정임으로서는 아버지가 끌려갔으니 어디서 무슨 봉변을 당하실지 알 수 없는 노릇이었다.

집안은 완전히 초상집이 되어버렸고 새어머니도 동생 연순이도 어찌할 줄을 모르고 정임의 눈치만 살피고 있었다. 저녁 식사할 생각도 못 하고 계속 울고 있는데 밤이 되어 어둑어둑할 무렵에 "정임아! 정임아! 아버지다!"하는 음성과 함께 초췌하게 지친 모습으로 아버지가 들어오셨다. 너무나도 놀라서 '이게 꿈인가? 생시인가? 정말 우리 아버지가 맞는가?' 살아 돌아오신 것이 믿기질 않았다. '공산당에게도 자비가 있는 것인가?' 아니다. 그들에게는 자비심이란 없다. 그렇다면 이 일은 오직 하나님께서 그들의 마음을 바꾸어 놓으신 것이라고밖에 생각할 수 없었다. 그들에게도 당장 양로원의 운영자가 필요했고 어려운 시기에도 양로원이 잘 유지되어 온 것을 저들도 알고 있었기에 그냥 아버지를 돌려보내 준 것이다.

만일 그때 아버지가 공산당에게 처형을 당하셨다면 어떻게 되었을까? 정임에게는 차마 생각할 수도 없는 끔찍한 삶이 전개되었을 것이다.

죽을 고비를 여러 번 넘기며

연합군의 폭격이 계속되자 양로원에 더 머물 수가 없게 되었다. 노인들도 제 살 곳을 찾아 다 흩어졌다. 어느 때에는 연합군이, 또 어느 때에는 인민군이 번갈아들어 와 월정리 마을을 휘젓는 바람에 불안해서 더 이상 살 수가 없었다. 정임의 가족은 십 리나 떨어진 새어머니의 고향 외삼촌 집으로 일단 피신하기로 했다. 작은 방 한 칸을 빌려서 지내는데 형편이 말이 아니었다. 거기다가 얼굴도 보지 못했던 새어머니의 시집갔던 큰딸, 그러니까 정임에게는 처음 보는 새 언니가 자신의 딸을 데리고 외삼촌 집으로 피신 오는 바람에 졸지에 여섯 식구가 한 방에서 지내게 되었다.

간간이 폭격기가 날더니 그날은 폭격기에서 네팜(불 뿜는 폭탄)이 쏟아져 산골 동네가 모두 불바다가 되었다. 정임은 부엌에서 일을 하고 있었는데 아버지가 들어오시며 "정임아 위험하다! 피신해야겠다!"라고 말씀하시는 동시에 네팜이 공중에 뿜어졌다. 요란한 폭음과 아우성, 비행기에서 쏘아대는 총소리가 뒤섞여 너무나도 무서웠다. 정임은 아버지와 함께 뒷간 작은 화장실로 피해 엎드려서 "아버지! 기도해 주세요! 우리가 죽더라도 천국 갈 수 있게 기도해 주세요!"라고 애원했다. 아버지 이재극 전도사는 화장실 바닥에 엎드려 정임을 붙들고 간절히 하나님께 기도했다.

얼마 후 바깥이 조용해져서 나와 보니 집안이 온통 난리가 났다. 네팜이 떨어질 때 마당에 있던 언니 모녀가 불에 붙어 타 죽었고, 새어머니와 동생 연순은 몸을 뒹굴어 화상만 입고 살아나 정신 나간 사람처럼 울며 앉아 있었다. 더욱 놀라운 것은 정임과 아버지가 숨어있던 화장실 바로 옆 헛간에 엄청난 양의 실탄이 박혀 있었다. 비행기에서 쏘아댄 총알이 바로 옆의 헛간을 정조준했던 모양이다. 조금만 각도가 달랐거나 혹은 그 헛간을 선택해서 피신했더라면 두 부녀는 그곳에서 벌집처럼 되어 죽었을 것이다.

살아남은 네 식구는 눈물로 죽은 언니 모녀를 땅에 묻고 방공호를 찾아 전전하기 시작했다. 누가 미리 파놓은 방공호에서 며칠 지내기도 하고, 아버지와 정임이 굴을 파서 숨기도 하고, 움푹 팬 곳에 나무와 가마니를 덮어 비를 피하기도 했다. 어떤 때는 중공군이 옆에 와서 밥을 해 먹고 가고, 또 어떤 때는 인민군 패잔병이 와서 밥을 달라는 때도 있었다. 이렇게 정임의 가족은 여섯 군데를 옮겨 다니며 거지처럼 방공호 생활을 해야만 했다. 그렇게 지내는 중에 갑자기 정임의 온몸에 열이 나기 시작했는데 알고 보니 장티푸스 전염병에 걸린 것이었다. 정신이 몽롱하고 온몸이 고통스러워 견디기가 어려웠다. 친어머니도 어릴 때 장티푸스로 세상을 떠나셨는데 나도 이렇게 죽는 것이 아닌가, 덜컥 두려운 마음이 들었다.

한편 전세가 불리해지자 공산당국은 학생들을 소집한다며 한 장소로 모이라고 온 동네에 알리고 다녔다. 동시에 기독교 인사들에 대한 색출도 진행됐다. 다행히도 방공호에 숨어있는 정임의 가족을 그들이 찾아내지 못했다. 젊은 학생들은 모이라고 하는데 몸이 아파 일어설 수가 없었다. 동생 연순이도 언니가 안 가면 자기도 가지 않겠다고 고집을 부려 결국 함께 나가지 않았다. 그런데 그것이 천만다행이었다. 패색이 짙어진 인민군들이 퇴각하기 전 기독교인들을 찾아내어 모두 처형하고 젊은 남학생들은 군대로, 여학생들은 중국으로 모아 보내고 있었던 것이다. 이런저런 이유로 정임의 가족은 목숨을 부지하고 동시에 중국으로 끌려가는 것도 피할 수 있었다. 하나님의 손길로 그들을 덮어주신 것이다.

남쪽으로 내려가자

　연합군이 지역에 다시 들어오게 되자 아버지는 이 기회에 월정리 마을을 떠나야겠다는 마음을 굳혔다. 전쟁이 끝나면 어떻게 될지 모르겠지만 공산당이 다스리는 세상에서는 두 번 다시 살고 싶지 않으셨던 모양이다. 철원읍에 사는 한 장로님과 피란 계획을 세우고 소를 빌려 쌀 한 가마니를 미리 그곳으로 옮기기 위해 남쪽으로 향하셨다. 그런데 아버지가 떠나신 후 남쪽 군인들이 돌아다니며 이 지역 인민군 소탕을 위해 집중 폭격이 곧 있을 예정이니 잠시 떠나 있으라며 트럭에 주민들을 태우고 있었다. 큰일이다! 아버지가 안 계신데 군인들은 트럭을 대놓고 재촉을 하니 도저히 남아있을 수 없는 상황이 되었다. 정임은 작은 보따리 하나를 챙겨서 트럭에 올랐는데 아직 전염병 후유증이 남아 있어 정신이 몽롱했다. 가슴을 졸이며 '우리 아버지 어떻게 하지!'하고 달리는 트럭에 올라앉아 염려하며 기도하는데 저기서 아버지가 소를 몰고 오는 것이 아닌가? 소리를 지르며 트럭을 세워 아버지를 트럭으로 모셨다. 아버지는 소를 그냥 길에 내버려둔 채 무슨 영문인지도 모르고 가족과 합류했다. 정말 극적으로 길에서 만난 네 식구는 "하나님! 감사합니다!"를 연발했다.

45

덜덜거리는 군인 트럭을 타고 한참을 달려 내려왔는데 강물이 보여 여기가 어디냐고 물었더니 서울 동쪽 광나루 한강 나루터란다. 정임의 가족은 이제 남쪽 땅으로 옮겨진 것이다. 여기가 정말 남쪽 땅인가? 비록 전쟁 중이었으나 왠지 자유로움이 느껴지고 벌써 공기도 다르게 느껴졌다. 너무나 마음이 평안했다. 밀려오는 감격스러운 마음은 어떻게 표현할 수가 없었다. 정임의 가족들은 어디로 가는 줄도 모르고 경황 중에 트럭에 실려 왔는데 감사하게도 자유의 땅인 남쪽으로 와 있는 것이었다. 지옥 같았던 지난 몇 년간의 월정리 생활은 정말 생각조차 하기 싫었다.

트럭에서 내려 예방주사를 맞은 뒤 배를 타고 한강을 건너 세곡동에 있는 대왕초등학교 강당으로 들어갔다. 피란민들이 그득히 모여 있어 단체 피란생활이 시작되었다. 주일이 되어 주변에 있는 세곡동 교회를 찾아 예배를 드리고 인사를 했다. 성경책을 자유로이 들고 예배당에 간다는 것이 얼마나 감사한지 눈물이 왈칵 쏟아졌다. 한 장로님께서 정임 가족의 신분을 알고 나서 자신의 집에 빈 헛간을 내주며 가마니를 깔고 그곳에서 지내게 해 주었다.

그리고 그 장로님께서 정임이 공부한 학생인 줄 알고 세곡동 교회에서 운영하는 성경구락부 선생이 되어 학생들을 가르쳐 달라고 부탁을 했다. 그때부터 이정임 청년은 피난 온 학생들을 모아 성경과 여러 학과목을 가르치는 교사가 되었다.

어머니의 인생 승부수

또한 마을 부녀회에서도 찾아와 물품을 관리하고 장부를 정리해 줄 수 있는 서기가 필요한데, 이정임 선생이 이 일을 맡아달라고 요청했다. 외국에서 들어오는 구제품들을 '여성 절제회'에서 받아 각 마을로 보내주는데 그 장부를 꼼꼼하게 정리할 만한 사람이 없었기 때문이다.

당시 여성들은 간신히 초등학교를 나오는 정도의 학력이 대부분이었기 때문에 행정에 관련된 일을 맡아줄 인재가 절대적으로 부족했다. 이렇게 열아홉 살 이정임은 비록 피란민으로 남쪽에 내려왔으나 그동안 공산치하에서라도 열심히 공부하며 익혔던 것들을 활용하며 남쪽 생활을 시작할 수 있었다.

Part 2

남한 땅에
정착하다

이사야 41장 10절

두려워하지 말라

내가 너와 함께함이라

놀라지 말라

나는 네 하나님이 됨이라.

내가 너를 굳세게 하리라

참으로 너를 도와주리라

참으로 나의 의로운 오른손으로

너를 붙들리라.

경찰서장을 향해 호통치다

세곡동에서 피란생활을 하며 마을 일을 돌보던 이정임 청년은 이 대로 지내서는 안 되겠다는 생각이 들어서 아버지를 찾아가 말했다.

"나 서울로 보내주세요! 무슨 일이든지 찾아봐야겠어요."

정임은 아버지의 허락을 받아 큰언니가 살고 있는 서대문구 냉천 동 주소를 들고 전차에 올랐다. 물어물어 찾아간 언니 집에는 신혼 가정 세 식구가 오밀조밀 살고 있어 며칠 함께 지냈는데 도저히 함께 있을 수가 없었다. 그래서 여기저기 알아본 결과 나라에서 윤락여성 들을 모아 단체로 재워주고 훈련시키는 '삼동부녀회관'이라는 곳이 있는데 그곳은 여자경찰서에서 관리한다고 했다. 당시는 전쟁 중으 로 여성치안을 위해 여자경찰서가 따로 있었다.

정임은 광화문에 있는 여자경찰서로 찾아 들어가 가장 높은 자리 에 있는 경찰서장 앞으로 다가가서 공손히 90도 인사를 했다. 그리 고 북에서 가지고 온 교인증을 내밀며 간단히 자신을 소개한 후 관 내에 어려운 여성들을 모아 단체로 재워주고 선도하는 곳이 있다던 데 자신을 그곳으로 보내 달라고 요청했다. 경찰서로 불쑥 찾아온 정 임을 여자 경찰서장이 위아래로 훑어본 후 "이게 뭔데?" 하면서 교인

51

증을 들여다보더니 혼잣말로 "이까짓 교인증!" 하며 책상 위로 던져 버렸다. 그 당시 이정임은 장티푸스를 앓고 난 후라 머리카락이 빠졌다가 다시 나고 있는 상황이어서 그 모습이 꼭 선머슴 같았다.

"이까짓 교인증!"이라는 말을 들은 이정임은 피가 솟구쳐 돌변하여 경찰서장 책상을 주먹으로 힘껏 내리치면서 경찰서장을 향해 호통을 쳤다.

"이까짓 교인증이라니요? 당신들이 나를 취직시켜주든 안 하든 상관없지만 이 교인증은 우리의 생명과도 같은 것입니다. 우리 기독교인들이 북에서 어떻게 목숨 걸고 살아왔는지 아십니까? 목숨 걸고 살아온 우리들을 이 나라가 무시하면 우리는 어디로 가란 말입니까?"

정임의 호통에 다른 책상에 앉아 있던 여자 경찰들도 놀라서 모두 움찔하며 쳐다보고 있었다. 거만한 태도로 정임을 대하던 경찰서장이 정임의 기세에 눌려 자세를 고쳐 앉았다. 그러더니 태도를 누그러뜨려 하는 말이, 그곳은 일반 여성들이 가는 곳이 아니라 접대업소 윤락여성들을 모아 선도하는 곳인데 일반 여성들은 함께 생활하기가 어렵다고 하였다. 정임은 "경찰이 윤락여성들을 선도하는 것도 중요한 일이지만 윤락여성으로 가지 못하도록 미리 예방하는 일이 더 중요하지 않겠느냐?"며 도리어 그들을 훈계했다.

경찰서장은 기세등등한 정임이 부담스러운지 한 여자 경찰을 불러

어머니의 인생 승부수

그곳으로 데려다주라고 하여 전차를 태워 용산 삼각지에 있는 삼동 부녀회관으로 안내했다. 어색한 분위기로 직원들의 안내를 받고 다른 윤락여성들과 어정쩡하게 인사를 나눈 뒤 하룻밤을 그곳에서 지냈다. 약 40여 명의 젊은 여성들이 수용되어 있었고 모두들 정임을 이상한 눈으로 쳐다보았다. 첫날 잠자리 배정을 받아 자리에 누웠는데 "어찌 이 인생 막장과 같은 이곳까지 내가 오게 되었는가?" 생각하니 서럽기도 하고 정말 너무나도 기가 막혔다.

삼동부녀회관 생활

윤락여성은 아니었지만 이제부터 꼼짝없이 윤락여성 취급을 받으며 지내게 된 정임은 앞으로의 일이 두려웠으나 그냥 순리를 따르기로 했다. 최선을 다하다 보면 좋은 길이 열리리라 생각했다. 아침 교육시간이 되어 참석해보니 서울 YMCA에서 황광은 목사님이 강사로 오셨다. 며칠 동안 교육이 진행되었는데 정말 재미있게 성경과 영어, 그리고 사회윤리 등 매우 유익한 교육을 진행했다. 교육 후에 황광은 목사님은 신입 원생인 정임과 면담을 가졌는데 정임의 지난 이야기를 다 들으시고는 직원들과 의논하여 바로 원생들과 분리시켰다. 그리고 원생들을 지도하고 이끄는 리더로 정임을 임명했다.

심동부녀회관은 YMCA가 선도하는 사회 교육기관으로서 출퇴근 직원이 아닌 원생들과 함께 지내면서 그들의 생활을 지도하고 통솔할 수 있는 사람이 꼭 필요했던 참이다. 참으로 하나님의 섭리는 놀라웠다. 졸지에 남쪽으로 피란 내려와 숙식할 곳 없어 이리저리 우여곡절을 겪으며 찾아왔는데 오히려 정임은 그곳에 꼭 필요한 사람으로 선택된 것이다.

정임은 그다음 날부터 삼동부녀회관의 원생이 아닌 관리자가 되었다. 기상부터 운동, 식사, 집합과 점호까지 모두 담당하며 원생들을 지도하고 통솔했다. 북한의 통제 사회 속에서 5, 6년간 강한 훈련을 받은 경험이 있기에 정임은 원생들을 철저히 관리할 수 있었다.

비록 나이는 어리지만 똑 부러지게 이끌어주는 정임을 원생들은 좋아하며 잘 따랐다. 국가기관에서 점검이 나와도 아무 문제 없이 언제나 최우수 상태를 유지했다.

정임은 또한 중앙 YMCA의 추천을 받아 낮에 원생들이 활동하는 동안 영등포 YMCA에서 운영하는 구두닦이 청소년들을 위한 교육시설에도 나가서 학과목을 가르치기 시작했다. 철원의 사범학교 교육을 받은 정임은 스스로 교육 프로그램을 만들어 거리에서 모여진 20여 명의 아이들을 가르치며 생활지도에 힘썼다.

삼동부녀회관 원생들은 매 주일 종로 YMCA에서 회집되는 주일예배에 참석했는데 정임은 종로 중앙 YMCA 현동완 총무의 눈에 띄어 예배의 시 낭독자로서도 역할을 했다. 현동완 총무는 시인으로서 예배시간마다 '순례편편'이라는 순서를 만들어 자신의 자작시를 정임에게 주어 낭독하게 했다. 현재 90세 노인이 된 이정임 권사는 오랜 시절 YMCA 예배에서 70년 전에 낭독했던 현동완 총무의 감사 시를 지금까지도 잊지 않고 암송하고 있었다.

감사

극광을 찾아가니 흰곰이 길을 막고
남원에 누웠으니 칙범이 잠을 깬다
막거든 돌아가고 깨우거든 세워가라
저물어 탄식 말고 등잔에 기름치리
오며 감사 가며 감사
있어 감사 하는 동안
믿음으로 찾는 빛 비치는 날 있으리

YMCA 현동완 총무의 감사시

한편 이정임은 남쪽으로 피란 내려온 철원사범학교 동창들을 찾아
내어 중앙 YMCA에서 개설한 피난민 청소년들을 위한 공민학교의
교사로 소개해 주었다. 피란 내려와 자리를 못 잡고 힘들게 살아가고
있던 친구들에게는 큰 도움이 아닐 수 없었다. 비록 스무 살, 스물한
살의 어린 나이였지만 여러 공동체 속에서 두각을 나타내며 자신의
재능과 특기를 조금씩 발휘하기 시작했다.

안양보육원 총무 교사 생활

삼동부녀회관에서 리더로 활동할 때에 중앙 YMCA에서는 이정임 청년에게 도강증을 만들어주었다. 도강증이란 한강을 자유로이 건널 수 있도록 도움받는 증명서인데 전시의 통제 수단으로 생겨난 제도이다. 정임은 이 도강증을 가지고 용산에서 강을 건너 영등포 YMCA의 구두닦이 청소년들의 학교로 다니며 학생들을 가르치고 있었다. 당시 강을 건널 때마다 한 곳에서 자주 만나는 신문사의 여 기자를 친구로 사귀게 되었다. 그녀는 많은 정보를 알고 있어서 정임에게 "안양에 가면 큰 보육원이 하나 있는데 그곳에서 지금 교사를 찾고 있다"고 가르쳐 주었다. 아무런 배경이 없던 정임은 '과연 그곳에 취직이 될 수 있을까?'반신반의하는 마음으로 지원했는데 보육원 당국은 정임을 기꺼이 교사로 받아들였다. 그동안 무보수 봉사자로 활동하던 삼동부녀회관과는 어쩔 수 없이 작별을 고해야만 했다.

감사하게도 안양보육원에 부임해 보니 전쟁이 끝난 후라 여기저기서 모여 온 고아들이 무려 300여 명이나 되었다. 사립 보육원으로는 시설과 규모가 크고 좋았으나 한두 달 살펴보니 운영 시스템이 효율적이지 못하다는 판단이 들었다. 정임은 보육원 당국에 건의하여 공평하게 열 명씩 나누어 방을 배치하고 작업이나 청소도 책임 지역을 나누고, 경작하는 밭도 각각 방별로 나누어 담당하게 했다. 차별 없이 같은 혜택과 같은 의무를 강조하니 보육원 내에 많은 불만이 사라졌다.

그리고 보육원생들에게 단체 활동 훈련을 시켜 학교에 오갈 때 길에서 어른이나 선생님을 만나면 리더가 "차렷! 경례!"를 외쳐 단체로 인사하게 하니 금방 안양보육원의 좋은 소문이 퍼져나갔다. 여기서 단체란 2명 이상을 말한다. 그동안 보육원 아이들 때문에 골치를 앓던 학교에서 도리어 칭찬이 이어졌다. 정임 선생은 학교에 정기적으로 찾아가 보육원 아이들의 성적을 점검하고 상담하여 선배 언니들이 후배 동생들을 지도할 수 있도록 과목 과외 제도도 신설했다. 안양보육원에서는 이정임 선생의 말이라면 무조건 따라주었으며 점차 보육원 전체를 총괄하는 책임자가 되었다. 보육원에 대혁신이 일어남으로써 졸지에 안양보육원은 유명 보육원이 되었는데, 어느 날 지역 행사에 참석했던 함태영 부통령이 안양보육원을 불시에 방문하여 격려하고 돌아간 적도 있다.

이렇게 보육원의 기틀이 잘 잡혀가고 유명해지고 있을 때 하필이면 동네 술집에서 일하는 여성들이 보육원 놀이터에 나타났다. 한창 혁신적인 활동으로 기세를 올리고 있던 정임은 그들에게 다가가 "이곳은 어린이 보호시설이니 들어와서는 안 된다"며 나가 달라고 말했다. 그 말이 고까웠는지 여성들은 정임을 향해 "오! 고아원 선생인가! 그래 네가 얼마나 이곳에 오래 있게 되는지 한번 지켜보자" 라며 욕을 하고 나갔다.

결국 이 일이 보육원 당국에 알려지면서 보육원 내 괜한 두려움의 분위기가 감돌았다. 술집 여성들 뒤에는 깡패들이 있는데 정임 선생 주의해야 한다느니, 보육원에 앞으로 해가 미칠 것이라느니 하면서 겁을 주기도 했다. 정임 선생은 억울한 마음이 들었지만 "그렇다면 내가 이곳을 떠나야지요"라면서 스스로 안양보육원을 나왔다.

남쪽에 내려와 처음 직장으로 힘들게 자리를 잡았는데, 왜 한참 잘 나가고 있던 때에 이런 일이 그녀에게 벌어진 것일까? 오랜 세월이 지난 후에 이 일에 대한 깨달음이 나왔다. 그것은 하나님께서 당시 기세등등했던 정임 청년을 시험해 보신 것이란 생각이 들었다. 만일 그녀가 권위적인 자세가 아닌 복음적인 따뜻한 태도로 그 여성들에게 다가갔더라면 어떻게 되었을까? 아마도 안양보육원에 놀라운 일들이 일어났을 것이다. 단순한 제도적 혁신이 아닌 놀라운 복음적 혁신이 일어날 수도 있었을 것이다.

하나님의 방법이 아닌 단순한 인간적인 유능함은 결국 이런 결과

59

로 끝난다고 하는 것을 하나님께서 정임에게 깨우쳐 주신 것이 아니었을까? 당시 사회 경험이 부족하고 혈기 왕성했던 청년이었기에 하나님의 깊은 뜻을 이해하기에는 아직 부족했던 것이다.

성경구락부 교사가 됨

어려운 여건과 환경을 극복하며 나름대로 용기와 기치를 발휘하여 상황을 극복하고 자신의 특기를 살려 여타의 사람들로부터 인정을 받아오던 정임 청년은 안양보육원에서 생긴 사소한 일로 인해 인생의 첫 번째 좌절을 경험했다. 그러나 이것은 그녀에게 겸손의 교훈을 배우게 한 매우 중요한 사건이 되기도 했다.

1954년 봄, 안양보육원 일을 그만둔 그녀는 부모님이 계신 아현동으로 가서 잠시 지내며 다른 어떤 일을 할 수 있을까 궁리를 하고 있었다. 그러던 중에 성동구 마장동으로 이사 갔던 큰언니 정숙이 찾아와서 "내가 지금 다니고 있는 교회에서 여름성경학교를 준비하고 있는데 교사강습회 특별강사가 필요하니 며칠 와서 수고해 줄 수 있겠느냐?"며 물었다. 정임은 당시 YMCA와 관계하며 어린이 주일학교 교육에 관심을 갖고 계속 훈련을 받고 있었다. 마침 안양보육원 일을 그만둔 터라 언니 부탁을 받아들여 마장동교회(지금은 성석교회)의 교사강습회를 인도하게 되었다.

그리하여 며칠 동안 마장동에 머물며 아주 열심히 그리고 재미있게 교사들을 가르치고 난 후, 집으로 돌아오려고 짐을 챙기는데, 교회의 교육 책임을 맡고 있는 장로님이 "우리 마장동교회에서 성경구락부를 앞으로 운영하려고 하는데 이정임 선생님이 이곳에서 그 일을 맡아 주면 좋겠다"며 간곡히 부탁하는 것이었다. 당시는 전쟁 후라 고아들도 많았고, 가난해서 국민(초등)학교에도 못 간 아이들이 많았다. 비록 정식 인가학교는 아니지만 교회에서 성경구락부를 만들어 초등학교 과정을 지도하며 신앙과 성경교육을 동시에 하는 교회들이 꽤 많았던 때였다.

아직 일정한 직업이 없었던 정임 청년은 '이것이 하나님의 인도하심인가?' 하는 마음으로 언니와 의논한 후 그렇게 하겠노라고 대답을 했다. 그녀는 이미 피란 오자마자 세곡동에서 성경구락부 교사를 경험했었기에 이 일이 그리 두렵지 않았다.

그리하여 마장동교회 성경구락부 교사가 된 그녀는 '어떻게 하면 아이들에게 성경을 잘 가르칠 수 있을까?' 생각하며 많은 궁리를 하여 다양한 방법들을 고안해 냈다. 성경을 읽히고 쓰게 하며 암기하는 경쟁을 시켜 상품을 주면서 성경의 지식과 교훈을 어린이들에게 심어주려고 노력했다. 또한 40명 정도 되는 아이들을 상급반과 하급반으로 나누어 칠판 두 개를 설치하여 이쪽저쪽 반으로 오가며 이 반에서 강의할 때는 저 반에서 문제를 풀게 하거나 과제를 내주어 혼자서 동시에 두 반 교육을 진행했다. 지금 생각하면 그때의 아이들이 순진하여 이렇게도 교육을 할 수 있었다는 것이 참으로 감사한 마음이 든다.

이렇게 재미있게 성경구락부가 운영되는 것을 지켜보는 교회의 제직들은 너도나도 동네에서 학교에 안 가고 있는 아이들에게 성경구락부에 가서 공부하라고 권유했다. 그 가운데 김기풍 집사는 마장동교회에 꽤 열심 있는 제직인데 성경구락부에 찾아와서 '우리 아이들이 지금 동네 초등학교에 다니고 있는데 이리로 전학시키겠다고' 하여 그건 아니라며 만류한 일도 있었다.

이렇게 교회가 주도하는 성경구락부는 후에 야학 운동으로 발전되었다. 어린이들은 물론 상급학교에 가서 공부할 수 없었던 직업 청소년들에게까지 기회를 주어 초등학교, 중학교, 고등학교 과정의 수업을 하면서 국가의 검정고시 시험을 통해 졸업 자격을 받게 해주었던 그 시대의 매우 훌륭한 교회의 사회 교육 사역이었다.

이리하여 정임 선생은 언니의 집에 머물면서 집안일을 도와주고 동시에 성경구락부 교사가 되어 그곳에서 중요한 역할을 하는 사람으로서 주변 사람들로부터 칭찬을 듣게 되었다.

그 젊은이는
바본가 봐!

1955년 2월, 아직 날씨가 쌀쌀한 때이고 성경구락부는 이제 신입생을 맞이하기 위해 한창 준비를 서두르고 있던 때인데 어느 날, 큰언니가 정임에게 말하였다.

"애, 정임아! 너 교회의 김기풍 집사님 알지? 그 집사의 동생이 군대에서 제대를 하고 왔는데 겉으로 보기엔 아주 멀쩡한 청년이 글쎄 너 일하는 교회 바로 아래에서 트럭에 흙을 싣고 있다더라. 아마도 그 청년은 바보인가 봐!"

"왜요! 언니? 작년에 제대했으면 전쟁을 치렀을 텐데…, 계급은 뭐로 제대했는데요?"

"글쎄 뭐! 특무상사(오늘날 준위)라고 하던가! 꽤 계급이 높다고 하더라."

"언니! 그 사람이 어째서 바보예요! 그 정도 계급에 다른 사람 같았으면 제대해서 머리에 기름 바르고 목에 힘이나 주고 다녔을 텐데! 그런 막일에 뛰어들어 돈벌이하는 청년이라면 정신이 바로 박힌 거 아니에요?"

동생으로부터 이런 대답을 들은 정숙 언니는 빙그레 웃으면서 말

어머니의 인생 승부수

했다.

"그렇지? 그 정도면 정신은 바로 박힌 청년이지? 정임아! 이 언니가 너를 그 사람에게 시집보내려고 하니까 너는 이제 아무 소리 하지 말아라! 올해 너와 함께 주일학교 교사 임명받았던 김종림(金鍾林)이란 청년 기억나지? 너랑 이름이 비슷해서 너도 웃었잖니?"

10살이나 위인 큰언니가 속성으로 결혼을 진행하려고 하는데 막내인 정임은 아무런 항변을 할 수가 없었다. 큰언니는 이북에서 피란 내려와 이리저리 다니며 고생하는 막내가 안 돼 보였는지 빨리 짝을 찾아주려고 신랑감을 물색하고 있었던 것이다.

언니는 그 길로 달려 내려가서 신랑감의 형인 김기풍 집사를 만나 약혼 날짜를 잡고 돌아왔다.

"뭐 오래 기다릴 거 있니? 다음 달 3월 4일에 약혼식하고 준비되는 대로 결혼하지 뭐!"

"언니! 이런 법이 어디 있어요? 그리고 3월 4일은 나 서울시 여성웅변대회에 나가는 날이잖아요!"

"그래? 그러면 며칠 미루지 뭐! 그러면 3월 9일은 어때?"

이렇게 해서 언니와 그쪽 형님의 작

군 제대한 김종림 청년

품으로 한번 이렇다 할 대화도 나누어 보지 못한 김종림이란 청년과 약혼 날짜가 잡혔다.

한편 정임은 새해 초에 서울 YMCA로부터 3월 4일 서울시가 주최하는 '삼일정신 앙양 여성웅변대회'에 YMCA 대표로 출전해 달라는 부탁을 받았었다. 갑자기 약혼이 정해진 정임 청년은 마음이 복잡했지만 정부가 주최하는 큰 대회요, 서울시 중심 시공관(市公館)에 많은 사람이 모이는 웅변대회이기에 기도하는 심정으로 마음을 집중하여 무대에 섰다. 그리고 다른 연사들이 사용하던 마이크를 옆으로 미뤄놓고 카랑카랑한 자신의 목소리로 회중을 향해 외쳤다.

"삼천만의 반수인 일천오백만 여성 여러분!"
서울시의 여러 기관과 학교, 모든 시설을 대표하는 많은 여성 연사들의 웅변이 이어지고 드디어 입상자가 발표되었는데, 이날의 최고 영예로운 상인 1등 서울시장상은 이정임 선생이 받게 되었다.

청년 이정임은 이날에 김태선 서울시장이 수여하는 상장과 함께 부상으로 금시계를 받았다. 드디어 만민 앞에서 정임은 본인이 가지고 있던 재능을 최고로 발휘하면서 큰 영예를 얻게 되었다.

실향민으로 떠돌이처럼 지내면서도 용기를 잃지 않고 오뚝이처럼 일어서서 여기저기 종횡무진하던 이정임은 비로소 남한 생활의 자신감을 갖게 되었고 또한 자기와 영원한 한 편이 되어 줄 인생의 반려자도 얻게 되었다. 하나님께서는 외롭게 인생길을 걷고 있던 이정임

서울시장에게 받은 웅변대회 1등 상장

에게 건실한 청년을 붙여주어 미래를 함께하도록 해 주신 것이다.

여성웅변대회가 끝난 다음 주간 3월 9일, 두 사람의 약혼식이 치러졌다. 정임은 앞으로 있을 결혼식에 신랑이 아무런 예물을 준비할수 없다는 것을 알고, 지난번 웅변대회에서 받은 금시계를 미리 건네주며 결혼식 날 이것을 내 손목에 채워 달라고 부탁했다.

드디어 1955년 5월 26일, 두 사람은 경전(京電/한국전력) 예식장에서 베풀어진 결혼식에서 평생을 함께할 것을 하나님과 여러 증인들 앞에서 서약하고 부부가 되었다.

결혼식(1955. 5. 26.)

어머니의 인생 승부수

Part 3

행복한 가정을
이루다

잠언 1장 7절

여호와를 경외하는 것이
지식의 근본이거늘
미련한 자는
지혜와 훈계를 멸시하느니라.

신혼생활이 시작되다

신랑은 가진 거라고는 아무것도 없는 가난한 집 아들이었다. 어린 시절 너무 가난해서 신문배달, 구두닦이, 연탄공장 인부, 안 해본 일 없이 힘들게 돈벌이하며 공부하다 배가 너무 고파 피신하다시피 군대에 들어가 오랜 세월 군 생활을 하고 제대한 사람이었다. 6·25 전쟁을 치르고 군 제대를 했으나 집안 형편은 달라진 것이 하나도 없었다. 큰 형님은 경전(한국전력)에 다니며 박봉으로 많은 식구가 함께 생활하고 있어 신랑은 제대 후 무조건 트럭에 흙을 싣는 일로 돈벌이를 시작한 것이었다.

두 사람은 성동구 행당동에 자그마한 단칸방 월세를 얻어 신접살림을 시작했는데 교회에서 목사님과 교인 몇 사람이 찾아와 예배를 드리고 돌아갔다. 그런데 그 후 집주인이 바로 찾아와서 하는 말이 방을 빼달라고 하는 것이었다. 교인들이 몰려와서 자기 집에서 찬송 부르고 예배하는 것을 용납하지 못하겠으니 미안하지만 나가 달라는 것이다. 다른 문제도 아니고 종교 문제로 거부하는 것이라 할 수 없이 이사를 해야 할 것 같아 고민하고 있는데 교회 친구인 권옥남이 좋은 방법이 있다면서 제안을 하였다.

친구는 자신이 지금 새내(잠실 신천)의 신천교회가 운영하는 성경구락부 교사를 하고 있다면서 그곳은 사택이 있어 월세 걱정 없이 살 수 있으니 정임이 그곳에서 일을 하고, 자신은 집이 마장동이니 정임이 하던 성경구락부 교사 일을 서로 바꾸어 하면 되겠다는 내용이었다.

잠실 신천은 지금이야 잠실 개발과 국가 경제발전으로 서울의 번화가가 되었지만, 그 당시에는 뚝섬에서 배를 타고 한강을 건너야 하는 조그만 섬에 불과했다. 그리하여 정임 내외는 서로 의논한 끝에 월세 걱정 없는 조그만 섬 새내로 들어가기로 결심하고 얼마 안 되는 신접살림을 챙겨 리어카에 실어 뚝섬까지 수송한 한 뒤 배를 타고 새내 강을 건넜다.

그곳에 들어가 보니 땅콩, 참외, 수박 농사짓는 순박한 사람들이 모여 살고 있었고, 그 섬에 있는 유일한 교회가 성경구락부를 운영하며 육지로 나가지 못하는 아이들을 모아 공부를 가르치고 있었다. 친구 권옥남이 왕십리에서 기동차(전차)를 타고 뚝섬까지 와서 배를 타고 매주 초에 들어와 아이들을 가르치고 주말이면 집에 돌아가곤 했던 일터였다. '친구가 참 많이 힘들었겠구나'하는 생각이 들었다.

새로운 성경구락부의 이정임 선생은 30여 명 되는 아이들과 만나 그동안 쌓은 노하우를 발휘하며 열심히 가르쳤다. 무엇보다 성경을 잘 알아야 한다며 매일 아침 첫 시간 성경과 찬송을 가르치는 일에 공을 들였다. 또한 국어, 산수, 사회, 자연 일반 초등학교의 교과 과목들을 상급반과 하급반으로 나누어 지도해 나갔다. 그런데 문제는 신랑이 섬에 들어가 지내다 보니 일정한 직업을 가질 수 없게 되어 무료하게 강가에 나가 낚시를 하고 때로는 먼 산만 바라보고 있는 것이었다. 이십육 세의 혈기왕성한 남자 청년이 그렇게 지내자니 갑갑하기 이를 데 없었다.

이것을 눈치챈 이정임 선생은 어느 날, 일부러 꾀병을 부려 "오늘 내가 몸이 안 좋으니 나를 대신해서 성경구락부에 가서 아이들을 가르쳐 달라"고 부탁했다. 신랑은 이 말을 듣자마자 신이 나서 성경구락부로 달려가 아이들에게 "오늘 이정임 선생님 대신 수업을 지도하겠다"고 말하고 아내가 가르쳤던 대로 성경도 가르치고 교과 과목도 지도했다.

점심을 먹고 나서는 "공부하기 지루하니 운동장에 나가서 체육을 하자"고 제안하니 모든 학생들이 와~ 하며 임시 선생님을 따라나섰다. 그런데 운동을 얼마나 재미있게 잘 가르치는지 아이들이 이 임시 선생님에게 홀딱 빠지고 말았다. 아마도 오랜 군대생활로 익혀 온 온갖 체력단련과 재미있는 게임들을 가르치니 학생들이 흥미롭지 않을 수 없었던 것이다.

정임이 몰래 신랑을 뒤따라와서 어떻게 하나 봤더니 아이들이 깔깔거리며 즐거워하고 있었다. 신랑은 그 이후 성경구락부의 정식 체육선생이 되어 오후에는 아이들과 뒹굴며 더욱 재미있는 학교생활이 되었고 부부간의 이야깃거리도 더욱 많아져 재미있는 신혼생활이 되었다.

어떤 학부모들은 이곳의 땅값이 싸니 돈을 모아 땅을 사두면 훗날에 많이 달라질 것이라며, 정임 부부에게 땅 사기를 권유했으나 비만 오면 침수되는 작은 섬의 미래가 크게 달라질 것 같지 않아 사양하고 거절하기를 거듭했다. 만일 그때 그곳의 땅을 좀 사두었더라면 훗날에 어마어마한 부자가 되었을지도 모른다. 지금의 강남 잠실, 신천이 바로 그곳이다. 그러나 하나님은 이정임 선생 내외를 그런 방향으로 인도하지는 않으신 것 같다.

어찌 됐든 이때 새내(신천) 성경구락부에서 공부했던 학생들이 훗날 검정고시를 치르고 도시로 나가서 공부를 하여 목사가 되기도 하고 사업가가 되어 오랜 세월 서로 잊지 못하고 친분을 맺어 왕래하며 지냈다.

자녀들이 태어나다

1956년 초, 신혼에 새내(잠실 신천) 성경구락부에서 얼마를 지내게 되자 첫 아이를 임신하게 되었고 몸이 많이 무거워졌다. 어느 날, 신랑의 형님인 김기풍 집사가 찾아와서 경전(한국전력)에서 직원을 모집하고 있으니 동생에게 시험을 쳐 보라고 권유했다. 만일 합격이 되면 섬에서 나와서 도시 생활을 하라는 뜻이다. 그리하여 섬 아이들과 뛰어놀며 시간을 보내던 신랑은 형님의 권유에 따라 취업시험에 응시하여 합격이 되었고, 정임 선생은 정든 아이들을 뒤로하고 신랑을 따라 그 작은 섬을 떠나게 되었다.

아쉬운 마음으로 새내의 성경구락부 학생들과 작별하고 서울시 성동구 마장동에 전세를 얻어 이사하여 신랑은 한국전력 전차과에 출퇴근을 하고 이정임 선생은 얼마 후 첫 아들 일현(日鉉)을 낳았다. 그리고 출생 후 3주가 지났을 때 아직 온전치 못한 몸으로 성전에 아기를 데리고 올라갔다. 그날 마침 마장동교회 양계성 목사는 무교절 절기에 관한 설교 말씀을 했다.

75

'여호와께서 모세에게 일러 이르시되

이스라엘 자손 중에서 사람이나 짐승을 막론하고

태에서 처음 난 모든 것은 다 거룩히 구별하여 내게 돌리라

이는 내 것이니라 하시니라'

(출애굽기 13장 1~2절)

첫아기를 안고 이 설교를 듣고 있던 신혼의 아기 엄마는 품 안에 아기를 내려다보며 서원을 했다.

"그렇다면 이 아이도 하나님 것이네요. 우리 가정에 주신 소중한 첫 아이지만 하나님의 것이라니 하나님께 드리겠습니다."

그리고 그다음 해인 1957년, 정임 선생은 스물다섯 나이에 마장동 교회 서리집사로 임명을 받았으며 두 내외가 열심히 모은 돈으로 작은 집도 한 채 구입했다.

그해 늦은 가을 둘째 아들 태현(泰鉉)을 연년생으로 낳았다. 둘째는 형에 비해 훨씬 키가 작고 약해 언제나 형만 졸졸 따라다녔다. 그런데 아이가 성장하면서 살펴보니 눈을 항상 찡그려 사물을 보는 것이었다. 처음에는 아이가 왜 그러는지 몰랐으나 가만히 살펴보니 둘째가 시력이 나빠 그림책을 주어도 그것을 얼굴에 바짝 가까이 대고 보는 것이었다. 이정임 집사는 자신이 눈이 나빠 아들에게 유전이 된 것 같아 죄스러운 마음이 들었다.

신혼의 부부(첫째, 둘째 아들과 함께)

셋째인 딸 혜경(惠敬)이 태어나자 가정에는 웃음꽃이 활짝 폈다. 두 아들을 낳은 뒤에 얻은 딸이 얼마나 예쁘고 사랑스러운지…. 그녀는 부모 앞에서 재롱을 부리며 온순하게 성장했다. 그런데 두 남자 동생이 뒤를 이어 태어나면서 남자 4형제 틈에서 외동딸을 키워야만 했다. 다섯 아이들을 다스리다 보니 엄마 입장에서는 자연 엄격해질 수밖에 없었다. 하나뿐인 딸임에도 불구하고 아들들과 똑같이 키우느라 예쁜 인형도 소꿉놀이 장난감도 제대로 못 사주고 키웠던 것이 지금도 미안함으로 남아있다.

넷째 정현(正鉉)은 여러 형제들 중 어린 시절 뚜렷한 특징을 보여준 아이였다. 아이 때부터 책을 얼마나 좋아하는지 울고 있는 아이에게 책 한 권 앞에다 펴주면 금방 울음을 그치고 책을 들여다보며 웃었다. 이정임 집사가 포대기로 아기를 업고 가면서도 등판에 책을 하나 얹어주면 그 책을 들여다보며 돌아올 때까지 조용했다. 이를 본 주변 사람들이 박사님이 나셨다며 넷째를 '김 박사'라고 불렀다. 성장하면서도 책을 본 것이 많아서인지 암기 능력이 뛰어나고 성경 지식이 많아 교인들을 항상 놀라게 했다. 형제들이 생각해 내지 못하는 아이디어를 찾아내서 발표하여 집안에 재밌거리를 만들어주고 주관이 뚜렷해서 항상 주목을 받았다.

한편 다섯째 막내 보현(寶鉉)이 태어날 때쯤에는 가정 형편이 조금 나아졌다. 이전보다 무엇이든 넉넉하게 잘 먹이고 입혀서인지 형들이 클 때보다도 아이가 아주 건강하게 자라나서 주변 사람들이 모두 '막내는 장군감'이라고 했다. 그래서 성장한 후에도 형들보다 체격이 좋고 키가

다섯 아이들의 어린 시절 모습

커서 '형들이 못 먹은 것 혼자 다 먹고 컸다'라며 친척들이 막내를 놀리기도 했다.

이렇게 큰아들 일현(日鉉)과 둘째 아들 태현(泰鉉)은 연년생으로 그리고 그 아래로는 모두 2년 터울로 딸 혜경(惠敬), 셋째 아들 정현(正鉉), 막내아들 보현(寶鉉)을 낳아 다섯 자녀의 엄마가 되었다.

아이들 다섯이나 출산하고 키웠지만 이정임 집사의 몸이 건강한 덕분에 병원에 가서 태아를 체크해 본 일도 없으며 출산 역시 자택에서 주변 사람의 도움을 받아 거뜬히 해냈다. 또한 많은 가사 노동과 함께 가정에서 돈벌이(솜틀집)를 하면서도 지칠 줄 모르는 체력으로 자녀들을 키워냈다. 하나님께서 그녀에게 특별히 건강의 복을 허락해 주신 덕분이다.

어린 다섯 아이들을 키우던 마장동교회 제직 시절

또한 교회의 제직으로 임명받은 후, 다섯 아이들을 키우는 가운데도 새벽기도에서부터 모든 예배와 집회에 개근 출석하고 수많은 봉사활동에도 앞장서 거침없이 다양한 일들을 감당해 냈다.

그 시절
피아노가 웬 말인가

결혼 후 처음으로 마장동에 조그만 집을 사서 살다가 자녀들 서넛이 태어나며 조금 더 넓은 집으로 옮겨야겠다는 마음으로 남편의 직장과 가까운 왕십리역 근처 감나무가 있고 방이 세 개나 되는 집을 샀다. 또한 친구들과 계를 들어 마지막 차례의 곗돈 27만원을 받게 되니 새로 이사한 집에 뭔가 뜻있는 가구 하나를 들여놓고 싶었다. 마침 어린 시절 철원의 월정리 교회에서 주일학교 선생님이었던 분이 종로 화신백화점에서 악기점을 하신다는 것을 알고 찾아갔다.

"선생님, 피아노가 사고 싶은데 얼마나 해요?"

정임이 묻자 선생님이 되물었다.

"돈은 얼마나 준비됐니?"

"네! 27만원밖에 없어서…."

"그래, 알았다! 이 피아노가 좋겠다!"

선생님은 야마하 64 건반의 멋진 피아노 하나를 내어주셨다. 피아노 가격도 밝히지 않으시고 오래간만에 만난 옛 제자에게 "아이들 잘 키워라! 내가 배달해 주마!" 하시고는 흔쾌히 내어주셨다.

그 선생님을 대하니 어린 시절 월정리 교회에서 독학으로 풍금을 익히던 시절이 생각났다. 풍금의 기본 건반만 배워 소리가 나는 대로 동요와 찬송가를 치는 것이 재미있어서 시간 가는 줄도 몰랐다. 월정리에서 철원 학교까지 기차를 타고 가면 학교 수업시간보다 한 시간 꼭 먼저 도착했다. 정임은 학교에 도착하면 먼저 풍금이 있는 교실로 달려가 수업이 시작될 때까지 쉼 없이 입으로 노래를 불러가며 풍금을 쳤다. 그녀에게는 악보가 필요 없었다. 머릿속에서 계명이 떠오르며 손은 저절로 건반을 치고 발로는 열심히 발판을 밟아댔다.

이런 추억이 그녀로 하여금 당시 일반 서민 가정에 감히 상상도 할 수 없었던 피아노를 구입하겠다는 열정으로 이어졌다. 1960년대 초반, 당시 큰 부잣집에나 있을 만한 피아노를 재산 목록 제1호로 삼아 아이들의 울음소리가 잠시 멎으면 조용히 피아노에 앉아 찬송가를 치며 마음을 다독였다. 그리고 그 피아노 소리로 아이들의 귀에 찬송가를 들려주며 키웠다. 그때 큰아들이 6살, 둘째 5살, 셋째 3살, 넷째가 1살, 막내는 태어나기 전이었다.

그런데 더 놀라운 일이 벌어졌다. 피아노 선생님을 붙여서 7살짜리 맏아들에게 피아노를 가르치기 시작했는데 이 아이에게서 으악! 소리가 날 만한 놀라운 재능이 발견되었다. 악보를 읽고 음을 분간하는 능력이 뛰어나 어떤 건반 소리만 나면 멀리 서서 아이가 계명으로 그것을 말하는 것이었다. 그리고 피아노를 배운지 얼마 안 되

어머니의 인생 승부수

어 계명으로 그 동요를 부르기도 했다. 아이가 아직 글씨를 몰라서 가사는 읽지 못하지만 '도레미파솔라시도'를 익히고 난 후 그 노래를 계명으로 부르는 것이 너무나도 신기했다. 주변에서는 신동이 났다며 호들갑을 떨고 가르치는 선생님도 참으로 기가 막히고 놀랍다고 했다.

'하나님께서 이 아이를 어찌 쓰시려고 이런 놀라운 재능을 주셨는가?'

엄마인 이정임 집사는 그것을 마음에 늘 담아두었다.

자녀 교육과 신앙지도

이정임 집사는 맏아들이 초등학교를 들어가던 해(1963년)에 계속 하나님께 교회와 가까운 집을 구입할 수 있게 해달라는 기도를 드렸다. 왕십리에 있는 집에서 도보로 20분 정도의 거리인 교회를 왕래하는 일이 쉽지 않았기 때문이다. 막둥이는 늘 등에 업고 다녔지만 아이들을 교회와 떨어진 왕십리 집에 놔두고 옆방의 아가씨에게 부탁하고 다니자니 늘 마음이 불안했었다.

그런데 정말 기도의 응답인지 마장동교회와 담 하나 사이를 둔 꽤 넓은 집이 매물로 나와서 주저 없이 그 집을 샀다. 그리고는 담 한쪽을 헐고 문을 내서 바로 집 뒤편에서 교회 마당으로 나갈 수 있게 통로를 만들었다. 이렇게 하면 교회 출입은 물론이요, 자녀들의 신앙생활에도 유익하리라는 판단에서였다.

크리스천의 삶의 중심은 교회이어야 하고 아이들도 교회 마당을 놀이터 삼아 성장한다는 것은 신앙적으로 매우 큰 유익이라고 생각했다. 이정임 집사 내외는 많은 시간을 교회 봉사로 집을 비워야만 했는데 그럴 때도 교회와 울타리를 사이에 두고 있는 집이기 때문에 어느 정도는 안심할 수 있었다. 아이들도 엄마 아빠가 안 보이면 뒷문을 열고 교회로 찾으러 가면 되기 때문이다.

한편 교육열이 남달랐던 이정임 집사는 큰아들을 동네의 초등학교에 보내지 않고 마장동에서 4km나 떨어진 화양리의 수도여자사범대학(오늘날의 세종대학) 부속초등학교에 입학시켰다. 그리고 둘째 아들 태현이 성장하자 마장동에서 약 2km 떨어진 한양대학교 근처의 교육대학 부속초등학교 입학시험을 치르게 했다. 형이 다니는 초등학교 입학시험이 곧 있지만 혹시 잘 안 되면 이 학교에라도 다니게 할 요량이었다. 그런데 둘째 아들은 교대부속초등학교 입학시험에도 낙방을 하고 연이어 형이 다니는 수도여자사범대학 부속초등학교 시험에도 낙방을 하여 이정임 집사는 크게 낙심이 되었다. 이유를 알아보니 둘째 아들의 시력 때문이었다. 당시 시험 출제 방식은 강단 앞에 괘도를 세워놓고 그것을 넘기며 문제를 내는 것이었다.

"이 그림과 같은 그림을 찾아라!" "서로 방향이 다른 그림은?" 등등의 문제를 불러주는데 앞에 있는 괘도의 그림을 분간할 수 없었던 아들은 한두 번 앞으로 나가서 문제를 보고 들어와 답을 맞혔지만 계속 그렇게 할 수 없어서 아무 답이나 찍어서 풀었다는 것이다.

둘째 아들이 머리가 나빠서가 아니라 눈이 나빠서 문제를 잘 보지 못해 낙방했다는 사실을 알게 된 이정임 집사는 억울하기도 하고 한편 미안한 마음도 들었다. 어쩔 수 없이 둘째 아들을 동네의 공립 초등학교에 보냈는데 얼마 안 되어 수도여자사범대학 부속초등학교로부터 이러한 가정통신문이 전달되었다. '모월 모일 초등학교가 새로 지은 교실로 이전을 하니 학부모님들이 오셔서 이사와 뒷정리를 도와 달라'는 내용이었다. 이정임 집사는 갓난아기인 막내아들 보현을 등에 업고 둘째 아들을 손에 이끌고는 버스를 타고 초등학교로 달려갔다. 청소라도 도와야겠다는 마음으로 학교에 도착해 보니 학부모는 한 사람도 없었다. 어린 학생들이 의자와 책상을 끙끙거리며 옮기고 있어서 이정임 집사는 학생들을 도와 책상을 머리에 이고 운반하기 시작했다.

한참 그렇게 일을 하고 있는데 마침 교장 선생님이 지나가다가 그 장면을 보고는 주변에 있는 교사에게 물었다.

"저 아주머니는 누구신데 아이를 등에 업고 책상을 운반하고 계신가?"

"네! 2학년 김일현 학생 어머니신데 가정통신문을 보고 오셔서 저렇게 수고를 하고 계십니다."

조금 후 교장실에서 잠시 오시라는 전갈이 와 이정임 집사는 하던 일을 중단하고 땀을 닦으며 교장실로 들어섰다. 교장 선생님이 반갑게 인사를 했다.

"김일현 학생 어머니이십니까? 이렇게 와 수고를 해주셔서 감사합니다. 그냥 학부모님들에게 알림으로 보낸 가정통신인데 이렇게 오서서 수고해 주시니 정말 고맙습니다."

감사 인사를 한 교장 선생님이 둘째를 보고 물었다.

"옆에 있는 이 아이는 김일현 학생 동생인가요?"

"네! 연년생 동생인데 이번에 형이 다니는 학교에 입학시험을 치렀는데 그만 눈이 나빠 문제를 보지 못해 낙방을 했습니다. 두 아들이 함께 학교에 다니길 소망했는데 그만 아쉽게 되었습니다. 그래서 동네 초등학교로 보냈는데 2부제 오후 수업을 해서 이렇게 데리고 왔습니다."

이 말을 들은 교장선생님은 잠시 생각하더니 인터폰으로 교감 선생님을 호출했다. 교감선생님이 달려오자 "혹시 신입생 1학년 반에 한 자리를 더 만들 수 있는가?" 묻고는 동생을 내일부터 당장 우리 학교로 전학시키라고 하였다.

너무나도 놀랍고 감사한 일이 벌어져 이정임 집사는 엄마로서 어찌할 바를 모르고 거듭 감사하다는 인사를 드리고 학교를 나왔다. 그리고 당장 동네의 초등학교로 달려가 전학 수속을 한 뒤 교복을 사서 입혀 형과 함께 스쿨버스에 태워 다음 날부터 수도여자사범대학 부속초등학교로 보냈다.

이 글을 쓰고 있는 필자는 당사자로서 당시 비록 어린 나이였지만 이때 현장에서 벌어졌던 일을 소상하게 기억하고 있다. 나는 이후 어머니께서 가정과 교회에 어떤 문제가 생기면 그것을 과감히 돌파하고 해결해 나가시는 것을 여러 차례 지켜보며 경험할 수 있었다.

한편 주택을 교회와 가까이하고 나니 아이들은 자연히 교회 마당에서 목사님의 아이들과 놀이를 하며 어울리게 되었다. 목사님 댁 아이들과 동갑이라서 더욱 친하게 되어 교회 마당을 내 집 마당처럼 여기며 놀았다. 자연히 동네 골목에서 놀던 주일학교 아이들도 합류하여 놀이를 하는데 아이들은 교회에서 본 것을 그대로 흉내 내면서 놀았다. 어른들의 예배 장면을 흉내 내거나 혹은 주일학교 선생님처럼 아이들을 앉혀놓고 성경 이야기하듯이 그것을 흉내 내었다. 그런데 그 무엇보다도 가장 좋은 것은 아이들이 주일학교에서 배운 노래들을 아무 거리낌 없이 놀이 중에 함께 불러대는 것이었다.

어느 날, 이정임 집사는 열 살이 된 맏아들을 불러 앉혀놓고 이렇게 물었다.

"네가 처음 태어났을 때 너를 성전에 처음 데리고 올라가서 목사님의 설교를 들으며 너를 하나님께 바치기로 엄마가 서원했단다. 너는 훗날 하나님의 일을 하는 목사가 되어야 할 터인데 너의 생각은 어떠니?"

맏아들 일현은 조용히 엄마의 이야기를 듣고 있다가 고개를 끄덕였다고 한다. 그 후 큰아들은 초등학교 시절부터 행동이 남달랐으며 친구들은 이러한 모습을 보고 그를 '김 목사'라는 별명으로 불렀다고 한다.

어머니의 인생 승부수

이정임 집사는 주간에 금요일 구역예배를 갈 때면 막내만 등에 업고 네 아이는 집에 남겨둔 채 문을 걸고 가곤 했다. 그러면 아이들은 자기들끼리 방 안에 모여앉아 집에서 구역식구들이 예배드리던 흉내를 내며 놀았다. 물론 예배 인도는 '김 목사'인 맏아들 몫이었다.

이정임 집사는 아이들이 하나, 둘 초등학교에 들어가며 글을 읽기 시작하자 이런 제안을 했다.

"너희들! 신구약 성경이 모두 몇 권이지? 신약성경은 27권, 구약성경은 39권이란다. 그런데 좀 더 쉽게 외우려면 구구단처럼 외우면 돼! 삼구 이십칠! 기억하기 쉽지? 그리고 만일 너희들 가운데 신약성경 목록 27권을 다 외우면 엄마가 상금으로 10원을 주마!"

당시 10원은 아이들에게 매우 큰돈이었다. 돈에 욕심이 난 초등생 아이들은 그날부터 신약성경 목록 외우기를 시작했다. '마태복음, 마가복음, 누가복음, 요한복음, 그리고 사도행전…' 그러나 그것이 쉽지만은 않았다. 이정임 집사는 이러한 아이들의 모습을 보면서 흐뭇한 마음이 들었다. 그리고는 "너희들 내가 성경목록 쉽게 외우는 방법을 가르쳐 줄 테니 엄마를 한번 따라 해 봐!" 하면서 노래를 부르기 시작했다.

"마태에 마가아 누우가 요한! 사도 로마 고린도전후, 갈라디아-에-베-소"

아주 익숙한 곡조에 맞춰 흥겹게 노래를 이어갔다. 아이들은 그

노래를 따라 하며 금방 신약성경 목록을 다 외워버렸다. 그런데 더
놀라운 것은 아직 글을 모르는 동생들도 그 노래를 함께 따라 하면
서 신약성경 목록을 다 외우는 것이었다. 이어서 구약성경 목록을
외우면 20원, 예수님의 열두 제자 이름을 외우는 것은 5원, 처음에
돈을 벌어야겠다는 욕심으로 시작한 성경목록 외우기는 그와 상관
없이 가족 합창으로 이어졌다.

그리고는 방학 때가 되면 이정임 집사는 아이들에게 신약성경을
다 읽으면 역시 얼마의 상금을 약속하며 성경을 읽혔다. 또한 신약
성경을 다 읽고 나면 구약성경에는 아주 더 많은 상금을 약속하고
성경을 읽히고 본인도 함께 읽었다. 이러한 자녀교육 방법이 교육학

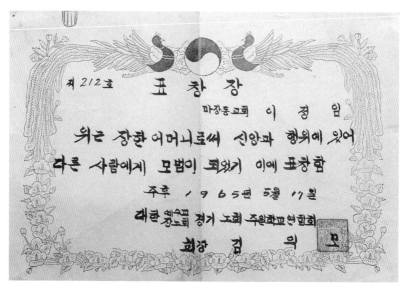

경기노회 주일학교 연합회에서 장한 어머니로 선정 표창

어머니의 인생 승부수

적으로 어떤 평가를 받을지는 모르지만, 자녀들에게 어떤 방법으로
든지 성경을 많이 읽히고 그 정신을 심어주어야 한다는 이러한 열
정은 큰 효과를 만들어냈다. 아이들은 주일학교의 성경퀴즈대회와
성경고사대회의 상을 휩쓸다시피 했다. 그리고 이것은 형제간 성경
퀴즈놀이로도 이어졌다. 그 방대한 성경의 이야기 가운데 어느 구
석에 그런 내용이 있었는가? 할 만큼 숨겨진 질문들을 서로 던지며
함께 찾아보면서 깔깔거리며 놀았다.

  당시 초등학교 3학년 시절이었던 필자는 구약성경 창세기를 읽으
며 구백 살이 넘는 인간 수명에 놀라, 믿음의 조상들 나이를 한 사
람 한 사람 노트에 적고, 또한 족보를 순서대로 나열해 가던 기억이

매년 우승 반을 독차지하던 이정임 집사 (주일학교)

91

난다. 그때의 필자가 지금 한국교회사와 여전도회전국연합회 역사, 그리고 선교사들의 이야기를 연구하고 기록하는 사람이 된 것은 이 때의 성경읽기를 통해 개발된 재능이라고 여겨진다.

　이정임 집사는 마장동교회 주일학교 교사로도 정평이 높았다. 여러 명의 교사들이 많았으나 그녀가 맡는 반은 언제나 부흥하고 새로운 아이들이 전도되어 매년 평가에서 우승 반이 되었는데 이것은 그녀의 독특한 교육방법과 리더십의 결과라고 할 수 있다. 주일학교 교사로부터 어린이들의 신앙 기초가 놓이고, 교사로부터 받은 감동을 통해 미래의 교회와 그리스도의 일꾼으로서의 마음을 갖기 때문이다.

　이정임 집사는 마장동교회 뿐만 아니라 이후에도 오랜 세월 동안 주일학교와 중고등부 교사로 근속하였으며, 후에 전도사 사역을 나가기 전까지 계속 교회의 아이들을 교육하고 양육했다.

솜틀 기계로 키운 아이들

어린 시절 철원에서 자라날 때 정임의 부모님은 솜틀집을 하면서 목회생활을 하셨다. 왜냐하면 교회를 통해 받는 생활비로서는 도저히 가정을 꾸려나갈 수가 없었기 때문이다. 부모님께서 그렇게 솜틀 기계를 돌려 가정의 경제적인 문제를 해결해 가시는 것을 보면서 자란 이정임 집사는 이제 다섯 아이의 엄마가 되어 충당해야 하는 많은 교육비를 어떡하든지 자신이 맡아야겠다고 마음을 먹었다. 남편이 회사에서 벌어오는 것으로는 고정적인 생활비를 하고 남은 것은 저축을 해야겠다는 계획도 세웠다. 그리하여 회사에서 돌아온 남편과 진지하게 의논한 후 청량리에서 솜틀 기계를 매우 튼튼한 새것으로 구입해 가지고 왔다.

그러나 솜틀 기계를 설치했다고 해서 장사가 다 되는 것은 아니다. 사람이 많이 다니는 시장터나 거리 매장에서 운영하는 것이 아니고 마을 안에 있는 한 가정에서 하는 일이니 이 솜틀집이 사람들에게 알려져야 하고 또한 고객을 많이 확보하는 일이 우선이기 때문이다. 그렇게 곰곰이 고민하던 이정임 집사에게 하나님께서는 지혜를 넣어

주셨다. 그것은 무엇보다도 사람들에게 신뢰를 얻어야 한다는 마음이다. 그리하여 이정임 집사는 질 좋은 막대 저울을 구입하여 손님들이 저울눈을 잘 읽을 수 있도록 진하게 표시했다.

당시에는 목화솜을 사서 이불을 만들어 혼수를 준비하는 일이 흔했는데 사람들은 그 솜을 솜틀집에 맡기기를 꺼려했다. 왜냐하면 처음 솜틀집에 맡겼을 때와 솜을 튼 후에 찾을 때의 무게가 달라 솜틀집 주인이 얼마의 솜을 떼어먹는다는 불신이 많았기 때문이다. 그래서 이정임 집사는 철저한 신뢰감을 쌓는다는 목표로 고객이 솜을 가져왔을 때 눈앞에서 저울을 달아 그 솜의 근수를 정확히 표시하여 그 물건에 붙여두었다. 그리고 그 솜을 찾으러 왔을 때 다시 저울을 달아주며 근수의 변화가 없다는 것을 확실히 인식시켜 주었다. 일부 솜틀집 주인이 말하기를 솜은 먼지가 많이 섞여 있기 때문에 솜을 틀고 나면 어쩔 수 없이 근수가 빠지는 것이라고 주장하기 때문이었다.

이런 방법으로 틀림없다는 입소문이 나자 마장동교회 밑에 붙은 솜틀집이 유명해졌다. 한번 다녀간 손님들이 다른 손님들을 계속 이어줬다. 아주 먼 곳에서도 솜을 들고 오는 사람들도 있었고 때로는 물량이 너무 많아서 야근까지 해야만 했는데 어떤 때는 하루에 백 근 이상 솜틀 기계를 발로 밟으며 틀어야 했다.

하루는 공장을 운영하는 남편의 친구가 찾아왔다가 이정임 집사가 홀로 솜틀 기계를 발로 밟으며 그 엄청난 양을 틀어대는 것을 보고 이러면 큰일 난다고 하면서 솜틀기계를 살펴보았다. 그 친구는 "4분의 1마력 정도의 모터를 돌리면 되겠다"고 말하며 "그것을 설치하여 가죽피대로 감아 돌리면 힘 안 들이고 발로 밟는 효과가 나니 그렇게 하라"고 했다. 기계에 관한 지식이 없었던지라 그가 안내해 주는 대로 모터를 설치하여 솜틀 기계를 돌리니 발에는 힘을 하나도 쓰지 않아도 되고 그냥 서서 솜만 잘 펴 넣으면 되었다. 너무나도 편리하고 좋은 방법을 모르고 고생을 했던 것이다.

이렇게 솜틀집을 운영하니 수입이 점점 좋아져 남편이 회사에서 벌어오는 것보다도 훨씬 더 많은 수입을 얻게 되었다. 다섯 아이들의 교육비는 물론 더 많은 저축을 할 수 있게 되었다.

손님들이 솜에 대한 지식이 없어 이불이나 요를 만들 때 어찌해야 할지 모르면 사전에 이것이 이불인지 요인지를 확인하고 그에 맞춰 솜판을 만들어 주고 이불을 만들 때 솜을 펴는 방법도 친절하게 가르쳐 주었다. 그리고 솜의 무게에 대해 염려하는 사람들을 위해서는 일부러 기계를 청소하여 지난번 솜 튼 이후에 나온 먼지의 양이 매우 소량인 것을 눈으로 확인시켜 주었다. 그리고 솜을 가져왔을 때와 가져갈 때 동일한 무게로 가져갈 수 있다는 것을 보여주니 손님들은 더욱 그녀를 신뢰했다. 이렇게 함으로써 수입이 제법 넉넉해져 큰 어려움 없이 다섯 아이이 교육비를 마련하고 아이들에게 필요한 것들을 공급해 줄 수 있었다.

자녀들의 특징과
재능을 찾아라

자녀들의 재능을 찾아내어 개발시켜 주는 것은 부모의 책무이다. 성경을 바탕으로 생활하는 유대인 부모들은 전 세계에서 그것을 가장 잘하는 민족으로 알려져 탈무드의 교육방법론이 나오고 그들에게서 개발된 재능이 각계각층 전문인들을 배출하여 그 유명한 노벨상 수상을 석권하고 있는 것이다.

1960년대의 부부 모습

이런 이야기들을 목회자들로부터 듣고 신앙생활을 했으며 또한 그 문제에 많은 관심을 가졌던 이정임 집사는 자라나는 아이들의 재능이 무엇인지 살피는 일에 세심한 마음을 썼다.

앞서 밝힌 대로 피아노를 구입하여 처음 음악 공부를 시킨 7살 맏

어머니의 인생 승부수

아들 일현이 피아노의 음을 정확하게 찾아내고 계이름을 술술 읽어 나가는 것을 보고 이 아이에게 하나님이 주신 재능이 남다르다는 것을 깨닫고 계속 피아노와 바이올린 등의 악기를 가르쳤다. 또한 목소리도 남달라 교회나 학교에서 독창을 도맡아 하고 초등학교 시절부터 주변 아이들에게 노래를 가르쳐주는 모습을 보며 하나님께서 특별히 이런 일을 위해 쓰실 것이라는 믿음을 가졌다.

둘째 아들 태현은 어린 시절부터 부모를 돕고 집안의 개와 닭 등 가축을 살피는 데는 아주 특별했다. 남편이 집안의 일을 할 때면 어린아이가 옆에 서서 연장을 집어다주고 함께 물건을 붙들어 주는 것이 틀림없는 일꾼이었다. 부엌의 연탄불을 가는 것, 김장 때에 배추를 나르는 것, 엄마가 교회에서 늦게 오면 밥을 해놓는 것, 이런 일을 잘하다 보니 심부름에 가장 먼저 불리는 이름이 둘째였다. 남편이 회사를 그만두고 목장을 시작하자 둘째는 목사가 될 형 대신 자신이 가업을 이어가겠다고 하여 중학교 때부터 목장에 들어가 목장일을 배우며 실업고등학교에 들어갔다.

셋째인 딸 혜경은 마음이 여려서 힘들고 어려운 형편의 사람들이나 짐승을 보면 그냥 지나치지 못했다. 그래서 동생들이 태어나고 자라나자 늘 동생들을 챙기고 살폈다. 혹 키우는 강아지가 병이 들면 그 곁을 떠나지 않고 곁에서 오랜 시간 바라보며 마음 아파했다. '하나님께서 이 아이에게 긍휼의 마음을 주셨구나!'하는 생각이 들었다. 네 남자 형제들 틈에 딸 하나, 거기다가 여린 성품의 딸을 조금 더 다정스럽게 잘 보듬어 주질 못하고 아들들을 키우듯이 강하게 다스렸던 것이 조금은 후회스럽다.

넷째인 정현은 공부하고 관찰하는 일에 남달라 틀림없이 학자나 교육하는 사람이 될 것이라고 믿었다. 어린 시절부터 책을 좋아하고 책만 주면 울다가도 울음을 그치고 그것을 다시 뺏으면 소리치고 울었다. 글씨를 배우고 성경을 읽기 시작하면서 성경 실력이 뛰어나 두 살 위의 누나 친구들과 함께 성경퀴즈 맞히기를 해도 동생이 먼저 손을 들고 앞서 모두 대답을 하니 기가 막힌 노릇이었다. 초등학교 시절에 그 많은 위인 전집을 읽어나가는 속도가 대단했다. 이정임 집사는 이러한 셋째 아들이 후에 좋은 인재가 될 것이라는 믿음을 가졌다.

막내인 보현은 집안이 조금 넉넉한 가운데 자라서인지 걱정 없이 컸으며 성품이 좋아 많은 친구들이 곁에 있었다. 남을 재미있게 해 주는 일을 좋아하고 익살스러운 행동을 많이 해서 가족들이 늘 즐거워했다. 중고등학교 때에는 늘 막내의 친구들이 집에 찾아와서 진을 쳐, 그 아이들 밥을 해 먹이는 일이 또 한 가지 일이었다. 이 아이가 앞으로 커서 무엇이 되려고 이렇게 친구들이 많은가? 매우 궁금하기도 했다.

여기서 한 가지, 필자가 어머니에게 형제들의 어린 시절 재능 발견
과 개발에 관해 인터뷰하는 가운데 "어머니가 발견하지 못한 자녀들
의 또 다른 재능은 없었는가?"라고 물었더니, "둘째 아들이 이렇게
역사에 관심이 많아 책을 만들어내고 글 쓰는 재능이 있으리라고는
생각 못 했다"고 해서 함께 웃었다.

Part 4

본격적인 신앙생활을
시작하다

빌립보서 4장 13절

내게 능력 주시는 자 안에서

내가 모든 것을 할 수 있느니라.

정든 마장동교회와의 이별

잘 다니고 있던 남편의 직장에 문제가 생겼다. 한국전력 관할의 왕십리역에서 착실한 전차 운행으로 인정을 받은 남편은 전차가 복잡하게 교차되는 을지로 입구에서 전차운행 감독관으로 승진하여 근무하고 있었다. 그런데 전날 오후 당번이었던 나이 많은 선배 감독관이 주변 청소를 하고 빗자루를 감독막사 지붕 위에 올려놓았는데 이것이 문제가 되었다.

마침 김현옥 서울시장이 직원들과 함께 그곳을 지나가다가 막사 위에 보기 싫게 나온 빗자루를 보게 되었는데 이것을 문제 삼아 징계를 내려 본보기로 해당자를 해고하라는 지시가 내려왔다. 해당 감독관은 이제 50대에 들어섰고 직장에서 해고되면 다음 직장을 잡기가 어려운 나이였다. 남편 김종림 집사는 이제 막 40대 초반, 오랜 세월 교제해 온 큰형님 같은 그분이 직장을 그만두는 상황이 안타까워 이 모든 일의 책임을 대신 뒤집어쓰고 본인이 해고라는 징계를 받아 졸지에 실업자가 되고 말았다.

남편은 결국 새로운 직장을 찾아 나서게 되었고 친구가 운영하는 공장의 직원관리 감독자로서 출근하게 되었다. 그와 동시에 주택사업으로 한창 호황을 누리던 조카사위에게 그동안 모아 놓은 얼마간의 돈을 투자했는데, 그는 산을 깎아 개발하고 있던 신흥개발지역인 면목동에 주택을 여러 채 지었다. 그리하여 온 가족은 정들었던 마장동 집을 팔고 1970년 여름, 이사를 하게 되었다.

면목동으로 이사하여 두 내외가 제일 먼저 마음을 썼던 것은 '어느 교회를 선택할 것인가?'였다. 지난 십수 년간 한 교회에서만 자라난 자녀들이 낯선 새 교회에 잘 적응시키는 게 중요했다. 결국 조카사위의 가정이 출석하고 있던 면목교회를 선택하였는데 이 교회는 대한예수교장로회 통합 교단에 속해 있었다. 그동안 출석해 온 마장동교회는 보수적인 교회로 엄격한 신앙생활을 강조하는 교회였다면, 새로 선택한 면목교회는 분위기가 자유로웠으나 건전한 교회라는 판단이 들어 온 가족이 교회에 등록 인사를 하니 대환영이었다. 목사님의 가정과도 금방 친밀해졌고 그 가정의 자녀들과 아이들이 비슷한 또래여서 가까이 지내게 되었다.

이정임 집사 내외는 새해가 되어 주일학교 교사와 성가대로, 남여전도회로 여기저기 모임에서 환영을 받으며 교회활동을 시작했다. 두 아들은 중학생이고 그 아래로는 초등학생들이라 각각 교회학교 부서에 등록 인사를 시켰다.

면목교회는 오래된 붉은 벽돌의 예배당 건물이 하나뿐이어서 별도 모임 장소가 없었다. 반면 이정임 집사의 주택은 교회와도 가까운데다 넓고 큰 새집이라 온갖 교회 모임이 이곳에서 이루어졌다. 성가대 연습과 식사 접대, 교회학교 교사 모임, 심지어 주일 준비를 하는 교육전도사들도 이정임 집사의 주택에 등사기를 갖다 놓고 그곳에서 주보 등사를 했다.

게다가 면목교회가 새 성전 건축을 추진하자 담임목사님 사택을 남은 주택으로 옮겨드려 그곳에서 지내도록 배려하니 이제 막 교회에 등록한 새 신자 가정이었지만 부부는 얼마 되지 않아 교회의 중심적인 직분을 감당하게 되었다.

한편 면목동에 집을 두 채 짓고 주택사업이 좋을 것이라고 해서 들어왔는데 이상하리만큼 주택 시장이 침체했다. 이유를 알아보니 1968년 1월, 북한의 무장공비 김신조 일당이 침투하면서 사회불안이 조성되었고, 10월에 또다시 울진 삼척지구에 세 차례에 걸쳐 북한 무장공비가 침투하면서 국민들의 심리가 불안해지면서 주택 시장에도 영향을 미쳤던 것이다. 이것을 모르고 어설프게 주택사업에 뛰어들었던 것이며, 거기에다가 주택을 팔기 위해서는 매수자들에게 원치 않는 여러 가지 거짓말을 해야 한다는 사실을 알게 되었다. 남편은 직장에 나가고 주택 매각을 진행해야 하는 이정임 집사는 이러한 일들이 크리스천으로서 마음에 용납되지 않았다. 이리하여 면목동에서 주택사업을 해보려던 계획은 모두 접어버렸다.

아버지 이재극 장로의 소천과
놀라운 기도체험

고 이재극 장로

아버지 이재극 전도사는 남쪽으로 피난 내려오신 후 목회 일을 그만두셨다. 이유는 이미 나이가 60대 중반으로 접어드셨고 남쪽에서 다시 교회를 시작하기에는 힘이 부치셨기 때문이다. 그 뒤 평신도 생활을 계속하시다가 용두동으로 이사하여 서울광석교회의 장로가 되셨는데 이후 오랜 세월 동안 그 교회를 충성스럽게 섬기셨다.

성실히 하나님을 섬기며 살아오던 아버지 이재극 장로가 86세가 되던 1971년 6월 2일 하나님의 부르심을 받았다. 이 시기는 이정임 집사가 이제 막 면목동으로 이사하여 한창 새로운 교회에 적응하고 있을 무렵이었다. 한편 아버지 이재극 장로의 소천은 이정임 집사에게 크리스천으로서도 매우 특별한 동기가 된 경험이며, 동시에 아버

어머니의 인생 승부수

지의 막내딸로서도 평생 잊지 못할 사건이었기에 여기에서 좀 더 상세히 기술한다.

부친의 병환 소식이 전해져 계신 곳으로 달려가니 일주일째 곡기를 못 넘기셔서 몸이 많이 야위셨다. 2주간을 용두동에 상주하며 아버지의 곁을 지켰는데 그는 결국 하나님 품에 안기셨다. 광석교회 목사님을 모셔 임종예배를 드리고 자녀 손들과 친척들에게 연락하니 하나둘씩 모이기 시작했다. 그런데 그날 밤부터 비가 추적추적 내리기 시작하더니 그다음 날에는 아침부터 본격적으로 쏟아붓는 것이었다. 뉴스를 들어보니 장마가 시작되었고 장례일인 다음 날도 비가 계속될 것이라고 했다. 그런 우중에도 그날 저녁 성도들이 찾아와서 예배를 드리면서 내일 장례 절차에 좋은 날씨를 달라고 기도하고 돌아갔다.

막내딸로서 이정임 집사는 어머니를 8살에 여의고 부친만 의지하고 살아왔으며 더더욱 부친이 일본 경찰 밑에서, 그리고 공산치하에서 겪었던 수많은 어려움을 신앙의 힘으로 이겨내셨던 일들을 떠올렸다. 동시에 아버지에 대한 깊은 애정이 피어오르면서 부친의 장례가 이러한 우중에 이루어져서는 절대 안 되며 참여하는 가족들이나 성도들을 위해서라도 비가 반드시 멈춰야 한다는 마음이 들었다. 그리고 기도하면 된다는 확신이 그녀에게 일기 시작했다.

이정임 집사는 다시 부친의 관을 붙들고 홀로 기도를 시작했다. 주변의 가족들과 친척들은 조문하는 분들을 맞이하고 접대하면서 방 안에서 들려오는 이정임 집사의 카랑카랑한 기도 소리를 들을 수 있었다.

"주여 당신이 아끼셨던 아들입니다. 당신을 위해 평생을 살아온 종입니다. 내일 그의 시신이 이곳을 떠나야 하는데 우중에 나가야 하겠습니까? 내일 장례의 모든 과정에 화창한 일기를 주실 줄로 믿습니다! 믿습니다! 확실히 믿습니다!"

이정임 집사는 기도를 반복했다. 그녀는 구약성경의 여호수아가 해를 멈추게 한 기도를 떠올리며 하나님께 믿음으로 간절히 기도한 것이다. 하지만 친척들은 고개를 흔들며 "막내 정임이가 참으로 유별나네! 저러다 내일 비가 계속 내리면 어쩌려고 저러나!"라면서 수군거렸다. 그리고는 장지에 연락해서 다음 날 아침 비를 피할 천막을 준비시켜야겠다고 의논하였다.

기도를 마치고 나온 이정임 집사는 "천막 준비는 필요 없어요. 내일은 비가 오지 않을 것이니 그런 염려는 안 하셔도 돼요"라면서 기도하는 가운데 확신이 생겼다고 말했다. 그러나 밤이 어둑해져도 그리고 한밤중이 되어도 장대 같은 비는 멈추지 않고 계속 내렸다. 그런데 장례일 새벽까지 비가 계속되더니 아침부터 비가 멈추고 해가 나는 것이었다. 전날 저녁 이정임 집사의 기도 소리를 듣고 천막준비 문제로 논란을 벌이던 친척들의 눈이 휘둥그레지며 한마디씩 했다.

어머니의 인생 승부수

"정말 비가 멈췄네, 하나님께서 우리 정임 집사의 기도를 들어주셨어!" "우연도 정말 기가 막힌 우연일세!"

그러나 과연 이 일이 우연이었을까? 하나님의 살아계심을 믿고 기도했던 이정임 집사는 이 사건을 통해 더욱더 기도에 대한 확신을 갖게 되었다. 지난밤 아버지의 관을 붙들고 기도한 후부터 마음에 조금의 동요도 없었으며 반드시 장례 시간에는 비가 멈출 것이라는 믿음에 일말의 의심이 없었다.

드디어 아침 9시! 장례 발인예배에 우산을 들고 온 사람은 한 사람도 없었다. 흐린 날씨도 아니고 6월의 태양이 쨍쨍 내리쬐는 날씨였다. 불암산 장지에서 예배를 드리고 하관 절차를 모두 마치는 시간까지 비는 한 방울도 내리지 않았다. 이 장례예배에는 유가족과 관계된 네 교회의 성도들이 참여했는데, 이정임 집사의 날씨 기도에 관한 이야기를 전해 들은 성도들은 "백 번 부흥회에 참석한 것보다 더 은혜가 된다"라고 말하며 하나님께 감사를 드렸다. 하관을 마치고 묘소를 다지는 인부들을 바라보면서, 그녀는 하나님께서 자신의 기도를 들어주신 것을 감사하며 찬송했다.

이 일은 필자가 중학교 2학년 당시 생생하게 현장의 일을 기억하고 있는 사건이다. 어머니는 이 일을 증언하면서 덧붙여 "너희들도 하나님께 기도할 때 '무엇 무엇을 주시옵소서!'라고 기도하지 말고 '반드시 주실 줄로 믿습니다'라고 기도하라"며 힘주어 말씀했다.

109

서울 면목교회
여전도회 회장

1973년 겨울, 충성스럽게 일해 온 남편 김종림 집사가 면목교회에 등록한 지 3년 6개월 만에 장로 임직을 받았다. 참으로 초고속으로 교회에서 성도들에게 인정받고 젊은 나이에 장로가 된 것이다. 이정임 집사도 그해 말, 여전도회 회장으로 피선되어 활동을 시작했다.

1974년을 교육의 해로 정하고 계속 배우고 전도훈련을 쌓는 면목교회 여전도회원들

1970년대에는 한국교회가 부흥의 전성기를 이루던 때로 1973년 '미국 빌리 그레이엄 목사 초청 여의도 집회'에 이어 1974년 역시 여의도에서 '엑스폴로 74 대부흥운동'을 개최하여 한국교회 선교 100주년을 앞두고 모든 교회들이 부흥에 부흥을 거듭하고 있었다. 그 가운데 교회 성장의 주목을 받고 있던 교회가 바로 서울 면목교회였다.

여전도회 순례 [서울 면목교회 여전도회 편]
– 한국기독공보 1974년 5월 25일(토) 2면 기사 –

면목교회(백명준 목사) 여전도회(회장 이정임)는 교회가 금년을 선교를 위한 교육의 해로 정하고 전진하는 데 따라 전도회원들이 성경을 배우며 전도의 훈련을 받는데 모든 힘을 기울이고 있다.

면목교회는 구역을 선교단으로 조직하여 매주 금요일마다 선교단 책임자들이 교회에 모여서 성경공부와 심방을 하고 있는데, 전체 47 선교단 중 37 선교단을 여전도회가 맡아 1백11명의 선교 책임자를 두어 6월까지 선교단별로 교인 배가 운동에 전력하고 있다.

또한 1973년부터 교회에서 매월을 교회 내 각 기관의 달로 정하고 활동하도록 하는데 지난 3월, 여전도회의 달에는 헌신예배 등 여러 가지 일을 많이 했지만 특별히 임원 전원이 기독교 통신과 연구반을 매주 월요일 백명준 목사로부터 강의받아 수료하여 '선교를 위한 교육의 해'로 충실을 기하고 있다.

지역사회의 소외된 청소년을 위해서도 많은 관심을 갖고 전도하는 여전도회는 그들을 교회로 초청하여 따뜻하게 대해주고 부모의 입장에서 대화의 시간을 갖기도 한다. 매년 크리스마스를 비롯한 명절이면 그들의 외로움이 커져 곁길로 갈까 봐 더욱 관심을 갖게 된다고 이정임 회장은 말한다.

산업전도에도 성의를 가지고 YH가발공장의 2천여 명의 종업원들에게 그리스도의 사랑을 전하고 그들을 위해 매월 5천 원의 전도비를 책정하여 일하고 있다.

특히 월 1회씩 전도지를 마련, 회원들이 지역의 각 가정을 방문하여 축호전도를 실시하고 있다. 근간에는 여전도회가 주최하여 교회 각 기관이 한자리에 모여 성경퀴즈대회를 가질 예정이다.

여전도회원들은 가정과 국가 세계평화를 위해 3일간 철야기도회를 가지고 임원들이 산에 올라가 민족을 위해 기도하는 기회도 갖는다고 한다. 전도회는 이정임 회장을 중심으로 1백20여 명이 사랑과 신앙으로 힘을 합쳐 군대전도, 봉사활동에 계획성을 갖고 정진하는 젊고 패기 있는 여전도회다.

어머니의 인생 승부수

세대별 여전도회 분리를 시도하다

1974년 여름 이정임 회장은 매우 획기적인 아이디어를 생각해 냈다. 교회가 부흥하며 여성 성도들의 수가 급증하자 그들을 여전도회 회원으로 영입하고 보다 더 효율적인 여전도회 활동과 운영을 위해서 세대별 분리를 생각해 낸 것이다. 당시 한국교회 가운데 어떤 교회도 여전도회나 남선교회를 분리하려고 시도한 교회가 없었다.

이정임 회장은 300명이 넘는 여성 성도들이 각각 연령별 모임에 참석하여 여전도회 활동을 할 수 있도록 3개 여전도회로 구분했다. 39세 이하 젊은 여전도회를 '마리아', 40세 이상 54세까지 중년 여전도회를 '에스더', 55세 이상 노인 여전도회를 '한나'로 구분했다. 그리고 여전도회 분립을 위한 헌신예배를 개최하여 당시 여전도회 전국연합회 활동을 활발히 하시는 장신대 주선애 교수를 강사로 모셨다.

주선애 교수가 교회에 도착하여 놀란 것은 그리 큰 대형교회는 아니지만 저녁집회에 빽빽하게 앉은 여 성도들로 인해 놀랐고, 동시에 여전도회가 3개 그룹으로 나뉘어 있는 것에 더욱 놀랐다. 주선애 교수 자신이 여전도회 활성화를 위해 이러한 구상을 가지고 논문을 준비하고 있었는데 이미 면목교회 여전도회가 그것을 시행하고 있었던 것이다. 헌신예배 설교를 하며 흥분한 주선애 교수는 매우 고무되었으며, 가을 여전도회 지도자 강습회 시 여전도회 성공사례 발표자로 이정임 회장을 초청했다. 이정임 회장은 면목교회가 소속된 서울동노회 여전도회연합회 활동에는 참석해 보았으나 아직 여전도회전국연합회에는 참석한 경험이 없었다.

드디어 가을 여전도회전국연합회 지도자 강습회가 열리고 40대 초반의 젊은 강사로 나선 이정임 회장은 면목교회에서 진행하고 있는 여전도회 훈련과 교육, 그리고 세대별 분리 활동에 관한 결과를 발표했다. 온 회의장을 가득 메운 전국에서 온 연합회 임원들이 이 사례발표를 들으며 모두 수첩을 꺼내어 메모하는 것이 눈에 들어왔다. 그 이후 전국교회에 여전도회 분립현상이 나타났는데 이것은 매우 급속히 퍼져나갔다. 소형 교회들은 둘로, 대형 교회들은 다섯, 여섯, 심지어 나이별로 나누는 교회도 생겼다. 어찌 됐든 이 일은 한국교회 여전도회 역사에 매우 중요한 이슈가 되었다.

이 글을 쓰고 있는 저자는 2008년 대한예수교장로회(통합) 〈사진으로 보는 여전도회전국연합회 80년사〉를 집필하게 되었고 한국기독공보사로부터 '사진으로 보는 여전도회사' 36주간 연재를 의뢰받았다. 저자는 23번째의 타이틀로 '1970년대 여전도회 각 지회 발전과 변화'라는 내용에서 이 역사적 사실을 남겼다. 이 일이 어머니에 관한 내용이기에 조심스럽긴 했지만 한국교회 여전도회사에 빼놓을 수 없는 매우 의미 있는 사건이기에 한 페이지의 기록으로 남겼다. 기사 내용 중 여전도회 세대 구분에 관한 부분만 다시 정리했는데 그 내용은 다음과 같다.

한국기독공보 36주간 연재 핵심요약 여전도회사
– 2008년 신문자료 –

… (전략) …

1970년대 여전도회 활동과 변화의 두드러진 현상 중 하나는 한 교회 안에 세대별 구분이 서서히 생겨나기 시작한 것이다.

시어머니와 며느리, 친정어머니와 딸이 오랜 세월 한 자리에서 함께 모임을 갖고 여전도회 활동을 해 오던 한국교회의 전통적인 틀을 과감히 깨고 세대를 나누기 시작하였다.

그러나 이러한 세대 구분이 어느 교회에서 누구에 의해 제일 먼저 시작되었는지는 정확히 알 수 없다. 다만 1974년에 여전도회전국연합회가 개최한 지도자 강습회에서 서울동노회 면목교회 여전도회 이정임 회장이 여전도회 세대 구분을 통한 성공사례를 발표한 이후, 급속도로 전국에 확대되었고, 이후 한국교회의 모든 교회에서 규모에 따라 세대가 구분된 다양한 이름의 여전도회가 등장하며 세대에 맞는 효과적인 선교가 이루어지게 되었다.

Part 4_ 본격적인 신앙생활을 시작하다

사진으로 보는 여전도회史 <23>

<1970년대>
여전도회 각 지회 발전과 변화

1970년대는 한국교회가 매우 폭발적인 부흥과 성장을 이룬 시기이다.

특히 1974년 '엑스폴로 74대회'를 여의도 광장에서 성공리에 개최하였고 미국의 대부흥 설교가인 빌리 그레함 목사를 초청하여 1백만 명이 넘는 성도가 한자리에 모여 연합집회를 가짐으로 만천하에 한국교회의 위상과 저력을 과시하였다.

또한 이와 때를 같이한 성령운동과 기도 운동, 부흥회와 전도활동을 통한 교회 성장이 가속화됨으로 교회마다 성전건축과 교회 개척이 계속 이어졌다.

이러한 1970년대 활발한 한국교회 부흥운동의 이면에서 가장 중심적인 역할을 한 주역이 누구냐고 묻는다면 이것은 누가 뭐라 해도 여전도회일 것이다.

개 교회마다 조직된 여전도회는 모든 부흥운동의 선봉에 서서 목회자들을 도와 선교, 교육, 봉사 활동을 활발하게 감당하였으며 교회 성장과 함께 여전도회도 따라 부흥하며 발전하기 시작하였다.

이런 개교회 여전도회의 부흥과 발전은 곧 지역연합회의 발전으로 이어지고 또한 여전도회 전국연합회의 에너지원이 되었다.

특히 1970년대 여전도회 활동과 변화의 두드러진 현상 중 하나는 한 교회 안에 세대별 구분이 서

1977년 제1회 미래지도자세미나에 참여한 여전도회원들의 모습.

서히 생겨나기 시작한 것이다. 시어머니와 며느리, 친정어머니와 딸이 오랜 세월 한 자리에서 함께 모임을 갖고 여전도회 활동을 해오던 한국교회의 전통적인 틀을 과감히 깨고 세대를 나누기 시작하였다.

그러나 이러한 세대 구분이 어느 교회에서 누구에 의해 제일 먼저 시작되었는지는 정확히 알 수 없다.

다만 1974년에 여전도회전국연합회가 개최한 지도자 강습회에서 서울동노회 면목교회 여전도회 이정임회장이 여전도회 세대 구분을 통한 성공사례 발표한 이후 급속도로 전국에 확대 되었

고 이후 한국교회의 모든 교회에서 규모에 따라 세대가 구분된 다양한 이름의 여전도회가 등장하며 세대에 맞는 효과적인 선교활동이 이루어지게 되었다.

이처럼 새로운 흐름이 형성되면서 1977년 12월 여전도회전국연합회(회장:이연옥)는 '제1회미래 지도자 세미나'라는 이름으로 젊은층 여전도회 회원만을 위한 미래형 교육을 실시하기에 이르렀고 변화하는 한국교회와 여전도회를 위한 새로운 대책을 강구하게 되었다.

김 태 현
국수교회 목사·향토교회사가

어머니의 인생 승부수

영적 능력이 나타나다

이 무렵 남편 김종림 장로의 삶에는 큰 변화가 있었다. 면목교회의 동료 장로 중 경기도 마석에서 큰 목장을 하는 장로가 있었는데 그 동료의 소개로 다니던 회사를 그만두고 경기도 마석에서 목장을 시작하게 된 것이다. 남편의 기질로는 매우 잘 맞고 적당한 일터였으나 집에서 출퇴근할 수 있는 여건이 못 되어 주말부부 생활이 시작되었다.

또한 1975년 겨울, 대한민국 정부의 교육정책에 큰 변화가 생겼다. 겨울방학이 40여 일에서 갑자기 60일 가까이 길어진 것이다. 새 학년을 앞두고 긴 겨울방학을 맞게 된 학생들은 충분한 휴식과 함께 새 학년 진급을 준비할 수 있었다.

그런데 그해 겨울, 면목교회 안에는 이상한 소문이 돌기 시작했다. 매일 밤 몇 사람의 여전도회원들이 철야기도 당번이 되어 기도를 하는데 어느 날부터 깊은 밤이 되면 2층 본당에서 심한 망치 소리 같은 것이 들리는데 마치 십자가에 못을 박는 듯한 소리라는 것이었다.

117

어떤 여전도회원들은 기도하다 말고 무서워서 그냥 보따리를 싸 들고 집으로 돌아간 사람도 있다고 했다.

여전도회원 영성 강화를 위해 이정임 집사가 당회에 건의하여 1층 교육실 정면에 기도실을 만들어 블록으로 쌓고 기도 칸을 구분하여 10명 정도가 한꺼번에 들어가 기도할 수 있도록 만들었다. 그리고 매일 밤 기도 담당자를 배정하여 기도 운동을 진행하고 있었던 것이다.

며칠 동안 이 소문을 접한 이정임 집사는 면목교회 여성도 가운데 기도하는 권사님들 몇 사람을 불러 매일 밤 철야에 돌입했다. 그런데 이 소문은 여전도회로 끝난 것이 아니라 남선교회, 청년회, 심지어 교육부서에까지 알려져 밤마다 철야 기도하는 사람들이 계속 늘어나기 시작했다. 소문이야 어떻게 시작되었든 간에 면목교회에 기도의 불이 붙기 시작했다. 한참 긴 겨울방학을 보내고 있던 중고등학생, 심지어 어린이들도 교사들과 함께 기도회에 참석했다. 영적 은사인 방언이 터지고 방언 통변, 신유의 은사들이 나타났다.

이때 이정임 집사의 기도에 깊이가 달라지더니 신유의 역사가 나타나기 시작했는데 여전도회원들을 심방하여 기도해줄 때마다 놀라운 치유의 사건들이 일어나기 시작했다. 하나님께서 그녀를 더욱 크게 쓰시기 위해서 면목교회에 기도의 동기를 넣어주시고 많은 기도의 체험과 함께 성령의 권능과 능력을 더해주신 것이었다.

이후 면목교회에는 전 교회적으로 기도 운동이 일어나 성도들은 하루 한번 교회에 들러서 기도하게 하고, 또한 별도로 기도하는 그룹들이 만들어져 그들을 통해 많은 영적 은사들이 나타나 교회가 날로 부흥하게 되었다. 참고로 이때 이정임 집사의 다섯 자녀들도 교회의 기도운동에 참여하여 많은 영적 체험을 할 수 있었다.

Part 5

서울여자신학교에

입학하다

다니엘 12장 3절

지혜 있는 자는

궁창의 빛과 같이 빛날 것이요

많은 사람을 옳은 대로 돌아오게 한 자는

별과 같이 영원토록 빛나리라.

서울여자연합신학교에
입학하다

맏아들은 대학에 입학을 하고 둘째 아들은 고등학교 졸업반이 되었다. 남편은 경기도 마석의 목장을 그만두고 강원도 신림의 가나안 농군학교(김용기 장로) 산업과장 책임을 맡아 한 달에 한 번 정도 집으로 오게 되니 교회의 장로직도 제대로 감당하지 못하게 되었다.

그 당시 면목교회는 급성장을 하여 성도의 수가 많이 증가했다. 그러자 이들을 위한 성경교육 프로그램이 절실히 필요하다고 인식한 담임 목사는 유력한 사람들과 함께 힘을 합쳐 1977년 여름, 면목교회 건물에 야간 '서울여자연합신학교'를 개강했다. 그 첫 번째 신입생을 모집할 때 이정임 집사는 말씀의 갈급함으로 주저 없이 신학교에 입학원서를 제출했다. 이 선택은 후에 교역자의 삶을 살기 위해 선택한 것이 아니라 하나님 말씀에 대한 갈망 때문이었다. 교회와 집이 아주 가까워 낮에는 작은 가게를 운영하고 저녁에는 바로 학교로 달려가 학습에 임했다.

성경과 기초적인 신학을 배우는 것이 너무 재미있었고 오래간만에 학생 신분이 된 것도 매우 흥미로웠다. 40대 중반의 이정임 집사는

123

다양한 연령대의 학생들과 어울려 2년간의 학교생활을 매우 활력 있게 해냈다. 교수들도 비록 나이 많은 학생이지만 학습에 최선을 다하는 이정임 집사를 늘 격려해 주었다.

한편으론 신학교에서 공부하는 동안 교회와 교계 혹은 지도자들에 대한 실망감도 많이 경험하게 되었다. 교장인 담임목사를 대하는 일부 교수들의 거만함이 목격되고 준비되지 않은 몇몇 강사들의 강의는 수준 이하라는 게 느껴졌다. 한국교회가 급성장을 하고 개척교회가 여기저기 세워지며 신학교마다 학생들이 넘쳐나고 있었지만, 교수들로부터 아무런 감화를 받지 못하고 실망감만을 경험한 사역자들이 교회 현장 곳곳을 섬기게 될 때, 어떤 결과가 나타날 수 있을까 염려스러움이 앞서는 대목이다.

사십여 년의 삶을 살아오며 유달리 의협심이 강했던 이정임 집사는 신학교 학생으로 지내는 동안에 이러한 일이 있었다. 어느 날 담임목사의 부인, 사모님이 교회 앞의 이정임 집사 집으로 달려와 "이 집사님! 빨리 나와 봐요! 가슴이 떨리고 분해서 말을 못 하겠네" 하면서 급하게 부르는 것이었다. 무슨 일인가 놀라서 사모님을 따라가 보니 교회의 당회실(교장실)에서 큰 소리로 호통치는 음성이 들리는데 목사님의 목소리가 아닌 모 장로의 목소리였다. 그는 유수한 대학에서 교육학을 가르치는 교수인데 담임목사의 요청으로 교회에서 개강한 신학교의 교수가 되어 첫 신학생들을 가르치고 있었다. 무엇이 잘못되었는지 몰라도 위치가 교장이며 자기가 섬기는 교회의 담임목사에게 장로요 교수인 사람이 도리어 호통을 치며 목사를 훈계하고 있었다. 밖에서 조용히 이러한 상황을 목격하고 있자니 분이 났지만 참으며 이야기가 끝나기를 기다렸다.

얼마 후 당회실의 문이 열리더니 그 장로가 흥분된 모습으로 복도를 걸어 나오고 있었다. 이정임 집사는 얼른 그 장로의 앞을 막아서며 공손한 태도로 90도 각도의 인사를 했다. 깜짝 놀라 멈칫하는 장로에게 말했다.

"교수님! 오늘 아주 좋은 가르침을 저에게 주셨습니다. 교실에서는 들을 수 없는 강의였습니다. 교실에서는 하나님의 종을 존귀하게 여기라 말씀하시고 실제에서는 이렇게 하시는군요! 오늘 저에게 현상학습을 시켜주시니 감사합니다."

말을 마친 이정임 집사는 다시 90도 인사를 했다. 그 장로는 놀라서 "이 집사님! 그, 그게 아니고…"하면서 온갖 변명으로 상황을 설명하려 했으나 그 어떤 말도 귀에 들어오지 않았다.

사실 한국교회는 1970~80년대를 거치며 하나님의 은혜로 교회가 크게 부흥하고 성도의 수가 늘어 한국선교 100년 만에 일천만 성도를 자랑하는 대단한 기독교회가 되었다. 목회자들은 계속 성도들을 권고하여 개척교회를 세우고 해외에 선교사를 파송하는 등 놀라운 활동을 전개해 나갔다.

그러나 이러한 긍정적인 면 뒤에 나타나는 부정적인 요인들을 교회는 보완하지 못하고 있었다. 깊은 영적 감화나 성숙함이 없는 사람들을 목사와 장로로 세우고 근본 없는 교역자들을 대거 양산하였기 때문이다. 그런 사람들 밑에서 성도들이 자라나도록 했으니 한국교회의 앞날이 어떤 결과로 나타나겠는가?

사실 이 글을 쓰고 있는 필자의 입장에서 가장 난감했던 대목이 바로 이 부분이다. 어머니께서 교회에서 개설한 2년 과정의 야간 신학교를 다니신 것과 그 후의 여전도사로서 활동하신 것을 알고 인터뷰를 하며 "어머니 신학 공부를 하는 동안 어머니께 가장 큰 감화를 준 교수가 누구예요?"라고 물었으나 한참 생각하시며 아무도 떠올리지 못하시며 말씀하셨다.

"2년 과정 신학 공부해서 여전도사로 사역할 수 있었던 것만 해도 하나님의 큰 은혜였지! 그냥 성경공부 하기 위해 들어간 것인데 졸업하자마자 청빙이 이루어져 여전도사를 시작하게 된 거야! 신학교 시절 통틀어 한 가지 감격스러운 일이 있었다면 졸업식을 앞두고 사모님이 찾아오셔서 담임목사님(교장)이 그동안 공부하느라고 고생했다며 옷을 해 입으라고 봉투를 주신 일이야! 그래서 그때 모처럼 좋은 옷을 하나 사 입었지!"

1979년 7월 15일, 서울여자연합신학교 제1회 졸업식이 있었는데 놀라운 것은 그때 함께 공부했던 동료들 가운데 전도사로 사역을 나간 사람이 매우 많았다는 것이다.
후에 사설 신학교가 정부로부터
단속을 받고 또한 학교명이 비슷
하다고 항의가 들어와 결국 몇 년
만에 서울여자연합신학교는 문을
닫았다. 하지만 순수한 열정으로
성도들을 성경공부 시켜 좋은 일
꾼으로 만들어보려 했던 담임목사
의 의지만큼은 평가절하해서는 안
될 것이라고 생각한다.

서울여자연합신학교 졸업

여전도사 생활이
시작되다

별다른 감흥 없이 개인의 기도와 성경연구 생활로 신학교를 졸업하고 다시 평신도 생활로 교회를 섬기고 있던 차에 연말쯤 구리시의 한 교회에서 여전도사를 구한다는 소식을 듣게 되었다. 그동안 많은 여전도사들을 대해왔지만 본인 스스로는 한 번도 교역자 생활을 해본 일이 없던 터라 감당할 수 있을까, 주저하고 있는데 그 교회의 여전도사 청빙 조건이 매우 특별하다는 것을 알게 되었다. 반드시 남편이 있고 가정이 원만하며 자녀들도 모두 화목한 가정의 여전도사여야 한다는 것이었다.

이 조건이라면 도전해도 되겠다는 자신이 생겨 이력서를 써서 면접했는데 흔쾌히 사역을 하도록 허락이 되어 1980년 1월부터 '여전도사'라는 이름으로 새로운 삶이 시작되었다. 여전도사가 거주하는 숙소로 교회당 안의 강단 옆 조그만 방을 내주었다. 기도하기 좋고 성도들을 상담하기 편리한 숙소라서 감사한 마음으로 사역을 시작했는데 제일 먼저 벌어진 일은 장례였다.

당시 그 교회의 전통은 남 성도가 세상을 떠나면 남자가, 여 성도가 세상을 떠나면 여자가 염을 하여 시신을 수습하는데, 그동안 여성도의 시신은 대부분 사모님이 수습해 오셨다고 하며, 아주 잘해내셨다는 것이다.

그동안 섬기던 교회에서 시신 수습을 도맡아 해오던 이정임 신임 전도사는 사모와 함께 성도의 시체가 있는 곳에 들어가 주저 없이 그 일을 시작했다. 능숙한 손놀림에 놀라 사모가 뒤로 물러서고 도리어 여전도사가 주도하여 일을 마쳤다. 새로 부임한 여전도사가 시신 수습에 겁도 안 내고 기가 막히게 잘한다는 소문이 나며 바로 교회에서 인정받는 전도사가 되었다.

이어서 생긴 일은 두세 살 정도 되는 어린아이가 밤낮이 바뀌어 밤새 보채어 엄마를 괴롭힌 지 벌써 한 달째라는 사실을 알게 된 것이었다. 젊은 아기 엄마는 전세살이를 하는데 너무나도 힘이 들어 밤이 되면 아기를 업고 교회에 와서 철야를 하며 아이와 함께 밤을 새우고 돌아가는 일이 다반사였다. 그리하여 아기 엄마가 이정임 전도사에게 찾아와 기도요청을 하여 기도해주었는데 이게 웬일인가? 그렇게 한 달 동안이나 엄마를 힘들게 했던 아이가 기도 후에 밤새 잠을 잘 자서 엄마가 아침에 깨운 후에야 일어났다는 것이다.

이것이 기도의 능력으로 그렇게 되었는지, 아니면 우연히 이루어진 일인지 알 수는 없으나 이 소문은 온 교회에 순식간에 퍼져 기도의 능력을 가진 전도사님이 우리 교회에 오셨다는 말로 교회가 술렁거렸다.

이정임 전도사는 이 일이야말로 본인이 초임 전도사로 교회에서 사역을 시작할 때 성도들에게 영적 권위를 인정받도록 하나님께서 도와주신 것이라고 했다. 그런데 정말 놀랍게도 교회는 매 주일 새 신자 등록이 이어지더니 육 개월 만에 이백여 명 남짓하던 교회가 삼백 명을 넘어서 예배를 1, 2부로 나누어 드리게 되었다. 이정임 전도사는 종일 담임목사와 새 신자 심방을 하고 밤에는 병든 성도들의 가정을 찾아다니며 기도해주었다.

담임목사 사모는 함께 심방하며 이정임 전도사의 의상을 따라서 같은 옷을 맞춰 입고 마치 언니 같다며 전도사를 좋아하는 표시를 했다. 그런데 한창 교회가 부흥하며 담임목사의 심방 활동이 잦아지는가 싶더니 뭔가 이상한 느낌이 들었다. 목사님의 얼굴이 밝지 않고 자주 헝클어진 모습이 느껴졌다. 해서 목사님 주변 사람들을 통해 알아보니 사모님의 병인 의부증이 또다시 발병했다는 것이다. 사모님은 밤마다 목사님을 쥐어짜며 '이 전도사와 어디에 갔었는가?' '아무개 젊은 집사와는 무슨 대화를 했는가?' 등등을 사모님 스스로 상상하며 괴로워하고 있었다.

이러한 이야기를 전해 들은 이정임 전도사는 '즉시 교회를 떠나야 겠구나!' 하는 마음이 들면서 이 교회의 전도사 청빙 조건이 왜 그러 했는가를 깨닫게 되었다. 그 후, 이정임 전도사는 목사님을 면담하여 간언하였다.

어머니의 인생 승부수

"목사님! 이 교회에서 목사님께서 목회하시는 동안에는 사모님을 위해서라도 다시는 여전도사를 청빙해서는 안 됩니다. 그리고 그동안 내가 훈련시킨 교구장 일곱이 있으니 전도사의 월 사례비를 쪼개어 교구장들의 활동비로 나누고 그들을 활용하여 심방하고 성도들을 관리하세요!"

이런 부탁의 말씀을 드리고 이정임 전도사는 그 교회를 조용히 떠나왔다. 일 년도 채우지 못한 첫 번째 여전도사 사역이었지만, 정말 놀라운 하나님의 역사를 경험하면서도 동시에 담임목사 부부의 비애로 말미암아 썩 유쾌하지 못한 사임을 하게 되었다.

교회 여전도사의 사역이란 철저하게 담임목사를 돕는 사역으로, 성도들의 상황을 수시로 파악하여 담임목사에게 보고하여 목양에 실수가 생기지 않도록 해야 한다. 업무상으로 볼 때 담임목사와 가장 가까워 성도들의 시선을 많이 받게 된다. 그러므로 모든 몸가짐 마음가짐이 조심스러우며 성도와 목회자 사이에서 교량적 역할을 해야 하는 고도의 기술이 필요한 직책이다.

이정임 전도사는 교역자가 되려고 신학을 한 것도 아닌데 하나님께서 쓰시려고 그랬는지 졸업하자마자 현장에 나가게 되었고, 첫 사역지에서 이런 엄한 일을 겪게 되었다. 마음과는 달리 목회 사역현장은 사역의 본질과는 다른 매우 엉뚱한 일로 어려움을 겪을 수도 있음을 깨닫게 되었다.

이정임 전도사는 그 이후 서울 강남에 있는 두 교회의 청빙을 받아 연이어 사역에 몰두했다. 그러면서 원주(신림) 가나안농군학교에서 일하고 있는 남편에게 신학을 권유하여 신학생이 되게 했고, 이시기에 군복무를 마친 큰아들과 둘째 아들도 신학교에 입학을 했다.

가정에서는 엄마를 대신해서 외동딸 혜경이 집안을 돌보며 두 남동생의 학교생활을 도왔다. 가끔 집에 와보면 직장 일과 집안일에 지친 딸의 모습을 보며 이정임 전도사는 가슴이 아파 울면서 기도했다. 그러나 이러한 방법으로 당시 집안 일곱 식구 모두는 각자 자기에게 맡겨진 길을 찾아가고 있었다.

남편에게
신학을 권유하다

남편 김종림 목사는 1930년생으로 세 살 연상이다. 경기도 파주 탄현에서 출생하여 2살 때 아버지를 여의었다. 과부가 되신 어머니는 힘겹게 살아오시다가 그 시골 골짜기에 찾아온 방물장사 아주머니로부터 복음을 전해 듣고 예수를 믿기로 결심했다. 그리고는 십 리길 되는 교회로 출석했는데 마을 종가 사람들이 아무도 기독교 신앙을 받아들이지 않았기 때문에 핍박이 매우 심했다. 결국 어머니는 어린 8살짜리 아들(종림)을 데리고 고향에서 쫓겨나 서울시 성동구 마장동에 자리를 잡으셨고, 마장동교회를 창립하는 멤버가 되셨다.

김종림 목사는 어린 시절 생활이 너무 가난해서 그 나이에 공부를 하며 구두닦이, 신문팔이, 연탄공장 인부, 안 해본 일이 없이 고생하다가 19살에 배가 너무 고파 선택한 길이 군대였다. 그는 그곳에서 인정받으며 계속 진급을 했는데 1950년 6·25 한국전쟁이 발발하여 위생병으로 고스란히 3년 전쟁을 치렀고, 제대할 때는 특무상사(원사)까지 진급했다. 제대 후 1955년에 이정임 청년을 만나 결혼했으며 첫 직장 한국전력 전차과에 12년간 근무하다가 나이가 많은 동료 직원의 실수를 대신 책임지고 퇴사했다.

새 직장을 찾아 친구가 운영하는 공장에서 직원들을 관리하며 지내다가 면목동으로 이사하여 면목교회에서 만난 한 장로의 권유로 경기도 마석에서 목장을 운영하며 교회에서는 안수집사, 그리고 장로가 되었다. 그 후 강원도 신림의 가나안농군학교(김용기 장로)의 요청으로 산업과장의 일을 맡아 지내는 가운데 맏아들, 둘째 아들이 신학교에 연달아 입학하면서 이정임 전도사는 남편도 목사가 되었으면 좋겠다는 생각을 하고 그에게 권유했다.

교회에서 험한 일, 궂은일을 가리지 않고 충성스럽게 봉사하는 남편, 어린이 주일학교 학생들에게 성경 이야기의 최고 인기 강사였던 남편이 목사가 되어도 충분히 그 일을 감당하리라고 믿었다. 그리하여 남편은 방배동에 있는 총회 신학교에서 50대 신학생으로 다시 공부를 시작했다.

이렇게 남편은 장로의 신분에서 신학생이 되어 공부를 하게 되었고, 이정임 전도사는 강남의 모 교회에서 사역을 하고 있었다. 어느날, 졸업반이 된 남편은 동료 신학생으로부터 경상북도에 목회자도 못 모시는 아주 어렵고 약한 교회가 있다는 이야기를 들었다. 이에 마음이 끌린 남편은 아내 이정임 전도사에게 이제는 함께 목회사역을 할 때가 된 것 같다며 경상도로 가자고 했다.

그리하여 두 내외는 경북 금릉군 조마교회에서 단독목회 사역을 시작하게 되었다. 이정임 전도사는 이제 교역자가 아닌 목회자 사모로서 변신을 했다. 그런데 그 교회는 다른 교단 목회자가 개척한 교회인데 교회가 약하여 교단도 계속 그 교회를 돕지 못하고 방치된 상태였다.

조마교회 예배당

한창 여전도사로서 활발하게 사역하던 이정임 사모는 남편과 함께 성도들을 일깨우며 교회를 부흥시키기 시작했다. 특히 이정임 사모가 심방하여 기도해주는 가정마다 치유의 역사가 나타나자 성도들은 두려움으로 교회를 섬기기 시작했다. 남편 김종림 전도사는 주중에는 학교에 가서 공부를 하고 주말에만 내려와 교회를 돌보기 때문에 여전도사 출신의 이정임 사모가 교회 목회를 거의 도맡다시피 하여 못다한 전도사 사역을 이곳에서 채우고 있었다.

성전 건축을 하고 싶어서 성도들이 건축헌금을 시작했으면서도 교회당을 세울 땅이 없어 추진을 못 하자 이정임 사모가 중직자 몇 사람을 불러 구약의 학개서를 읽게 하고 성전 건축을 촉구했다. 교회가 조금씩 성장하면서 남편이 신학교를 졸업할 무렵이 되자 소속된 교단에서 '조마교회는 엄연히 우리 교단 교회이니 목회자가 교단을 옮기든지 아니면 교회를 내놓고 다른 사역지를 찾으라'고 했다. 이런 문제로 교단과 싸우기도 싫었고 그곳에서 버티기도 싫었다. 교단의 주장이 틀린 것도 아니니 그냥 물러날 수밖에 없었다.

'이제는 조마교회도 자립의 단계에 이르렀으니 해당 교단의 다른 교역자가 와서 열심히 목회하면 일어서리라'는 마음이 들었다. 두 내외는 하나님께 '다음 목회지로 인도해 주십사'기도를 드리고 그곳을 떠나기로 결심했다. 그리고 1985년 12월 25일, 성탄예배를 마치고 조마교회 성도들과 눈물로 작별을 나누고 그곳을 떠나왔다.

어머니의 인생 승부수

아들들이 모두 신학교로

세상에 태어나 첫 성전에 올라갔을 때 엄마에 의해 하나님의 종이 되어야 하는 사람으로 말도 배우기 전부터 목사의 길을 걷게 된 맏아들(일현)은 서울대 음대 성악과를 졸업했다. 졸업 후 군에 입대하여 군종사병으로 제대하고 장로회신학대학 신대원에 입학(1982년)했다. 그러니까 음악대학 코스는 음악인이 되기 위해 선택한 것이 아니라 신학대학원을 가기 위한 중간 코스로 선택한 것이었다.

신대원에 입학한 후 학교가 있는 광장동이 집에서 충분히 통학할 수 있는 거리였지만 하나님의 일에 대한 열심으로 학교 앞에 조그마한 방을 얻었다. 그러면서 광장교회 교육전도사로 사역하며 3년간 공부한 후 장신대를 졸업하여 목회자의 길로 나섰다. 어머니의 서원과 기도가 있어서인지 맏아들의 목회 행로는 마치 준비된 것처럼 순조롭게 인도되었다.

둘째 아들 태현은 형이 하나님께 드려져 목사의 길을 간다면 자신

이 아버지의 가업을 이어받겠다고 하여 실업고등학교에서 축산을 공부했다. 그러나 졸업하던 해, 아버지가 경영하던 목장이 사료 파동으로 문을 닫게 되자 갈 바를 잃어버렸다. 둘째는 직장생활을 하다 아버지가 새롭게 근무하시는 가나안농군학교(신림)에서 조력자로 지내며 군복무를 했는데, 농군학교 교장 김범일 장로(김용기 장로의 차남)가 "너는 찬양으로 사람을 감동시키는 재주가 있구나!"라는 격려를 받은 후, 제대하여 교회음악을 공부하고자 했다. 그러나 '이왕 하나님의 일을 하려면 신학을 공부하여 목사가 되자!'라는 결심을 했다. 그리고는 서울장로회신학교에 입학하여 공부한 후 형이 다니고 있는 장신대 신대원 목회학 과정을 마치고 형과 같은 해에 졸업(장신 78기)하여 역시 목회자의 길로 나섰다. 그러나 둘째는 주로 험한 목회 여정이 되어 처음부터 탄광촌, 개척교회, 그리고 부목사와 담임목사를 반복하며 농촌과 도시목회를 섭렵한 후 종래 선교사의 길로 나서게 된다.

셋째인 외동딸 혜경은 어린 시절부터 마음이 여려 약한 동물들을 돌보며 어린아이들을 좋아하더니 그 성품을 따라 유아교육을 공부하여 유치원 보육교사가 되었다. 그러던 중 사귀게 된 청년이 역시 신학지망생이라 결혼하여 신학생인 남편의 공부 뒷바라지를 해가며 직장생활을 하니 고생이 참 많았다. 그녀도 역시 남편이 장신대 신대원을 졸업하자 직장생활을 접고 목회자 사모의 길을 걷기 시작했다. 요즘에는 부목사나 전도사의 부인들이 직장을 가지는 경우가 많으나 당시에는 남편이 목회를 시작하면 사모는 으레 다니던 직장을 그만두고 교회사역에만 집중하던 때였다.

당시 이정임 사모는 외동딸마저 목회의 길로 인도하시는 하나님의 계획에 대하여 두려움마저 들었다. 부모의 외지 생활로 집안 살림을 도맡아 남자 동생들을 챙길 수밖에 없었던 딸이 이제는 신학생 남편의 뒷바라지까지 하며 목회자의 길로 들어서는 것이 애처로워 기도하며 수많은 눈물을 쏟아야 했다.

셋째 아들 정현은 어린 시절 장래 희망이 교수 혹은 목사였다. 두 개의 길 가운데 어느 쪽을 선택해야 할지 결정을 못 내렸다. 그런 와중에 첫 대입 시험에 실패하였고 재수하려는 아들과 이정임 사모는 담판을 했다.

"네 목표가 어느 대학이냐?"

"네! 저는 이번에 연세대학교가 좋을 것 같은데 열심히 도전해 보겠습니다."

"그래, 연세대학교! 알았다. 엄마가 기도하마!"

일 년 후, 재수 공부를 마친 아들이 학교의 진로지도를 받고 다

형제 모두 장신대 동문이 됨

른 대학 원서를 사 들고 들어왔다. 이정임 전도사는 "네가 연세대학교를 목표한다고 해서 일 년 동안 엄마가 기도했는데, 그 원서는 놔두고 얼른 가서 연세대학교 원서 사 오너라"라고 하였다. 그리하여 연세대학의 원서를 사서 살펴보니 그해에 새로 신설된 사회복지학과가 있었다. 사회복지라면 앞으로 목회를 해도 도움이 될 것이고 또한 제1회 졸업생이 될 것이니 교수가 되려고 해도 매우 유리할 것이라는 생각에 시험을 치러 합격을 했다.

엄마의 기도 확신에 순종한 결과로 대학에 들어갔는데 공부하는 가운데 교수들의 심한 자리다툼을 목격하면서 교수의 꿈을 포기하고 목사가 되기로 마음을 굳혔다. 학비를 마련하기 위해 강남의 모 교회 성가대 지휘자로 가게 되었는데 두 달 만에 담임목사가 불러 "앞으로 목회할 계획이냐?"라고 물어 신대원에 갈 예정이라고 했다. 그랬더니 담임목사가 "그럼 지금부터 우리 교회 교육전도사를 하라"고 해서 그때부터 미리 목회자 활동을 하게 되었다. 식구가 모두 대학생 혹은 신학생이어서 학비를 마련하기가 쉽지 않았으나 그때마다 도우시는 하나님의 은혜로 여러 어려움을 이겨가며 신학을 공부하여 목회의 길로 나설 수 있었다.

막내아들 보현도 어머니의 주택 구입 원칙에 의해 교회 반경 100미터 이상을 벗어나지 않고 살아온 삶의 배경과 계속 신학교로 향하는 온 가족의 분위기에 자신도 신학을 하는 것이 당연하다고 생각했다. 고3 수험생 때에도 주일예배에 빠짐없이 출석하는 막내아들에게 담임 선생님은 신학을 해보면 어떻겠냐고 할 정도로 교회 모범생이었다. 결국 그는 바로 위의 형이 들어간 연세대학교 신학과에 입학을 했다.

연세대학 신학과에 들어가 보니 각 교파에서 온 다양한 생각을 가진 학생들도 그렇거니와 일반 대학임에도 불구하고 폭넓은 연령층의 다양한 인간관계로 시야를 넓힐 수 있었다. 매우 보수적인 사람도 있는가 하면 저 사람이 신학생인가 할 정도로 자유분방한 사람도 있었다. 1980년대 초반, 한창 민주화운동, 사회운동이 활발하던 때라 신학적 논란도 많았으나 워낙 탄탄한 신앙적 배경이 있어서인지 큰 혼란을 겪지는 않았다. 도리어 다양함을 경험하는 것이 새롭고 신기할 뿐이었다.

신학대학 2학년 때부터는 부모님의 개척 목회지를 따라다니며 교육전도사 일을 하다 보니 대형교회의 목회 시스템을 경험해 보지 못한 것이 아쉬움이 되었다. 그러나 이정임 사모는 다른 형들이 다 여기저기 흩어져서 목회사역을 하느라고 얼굴 보기가 힘든데 그나마 막내아들이 주말이면 들어와 곁에 있어 주고 차세대 사역을 맡아주니 든든하기가 이를 데 없었다.

연세대학교 신학과를 마친 막내는 신학공부에 열의를 가져 장신대 신학대학원에 들어갈 때는 4년 전액 한경직 장학생으로 입학했고, 신학공부를 마친 후에는 교단지 한국기독공보사에 지원하여 합격함으로써 기관목회자로 활동하기 시작했다.

경기도 마석 가양교회 개척

경상도에서 첫 담임목회의 아쉬움을 겪은 두 내외는 서울로 다시 올라와 전국 여러 곳을 다니며 목회자가 없는 어려운 교회를 찾아봤으나 역시 경상도에서와 비슷한 상황이었다. 그러므로 교회 입지 찾는 것을 포기하고 경기도 마석에서 한참 들어간 '물골안'이라는 곳에 교회를 개척하기로 마음먹었다. 이곳은 과거 마석에서 목장을 하며 여러 해 익숙해진 지역으로 남편이 개척하기에는 안성맞춤이었다.

마침 마을에 신협은행이 하나 있는데 큰 창고형 두 개의 건물을 가지고 있었다. 한 곳은 은행으로 사용하고 있었고 다른 한 곳은 일년에 한 번 조합원들이 모일 때 사용하면서 창고로 쓰는 건물이었다. 두 내외는 전세 계약을 한 뒤 한쪽 건물을 교회로 꾸며 지역 이름을 따서 '가양교회'로 정한 후 간판을 붙여 1983년 8월 21일 개척 교회를 시작했다.

창립예배는 여러 가족, 친지, 지역사람들이 참여하여 풍성하게 드렸지만, 모든 사람들이 돌아간 후 주일예배 때 남편은 오직 이정임 사모한 사람을 앞에 앉혀놓고 설교를 해야 했다. 담임목사보다 목회 경험이

어머니의 인생 승부수

많은 이정임 사모는 어쩌하든지 이곳에 교회가 세워졌으니 최선을 다해 교회를 일으켜 보리라는 각오로 가가호호 찾아다니며 전도를 해 보았으나 마을 사람들은 반응이 별로 없었다. 이러한 답답한 상황에 남편은 소속 노회에서 1983년 12월, 50대 중반에 목사 임직을 받았다.

남편 김종림 목사와 이정임 사모는 새벽기도에 엎드려 어떤 방법으로든 교회가 일어설 수 있게 해 달라고 하나님께 간구했다. 그러던 어느 날 머리를 깎은 중 한 사람이 교회로 찾아와 자기가 불도자인데 개종을 하고 싶다며 도움을 청하는 것이었다. 반갑게 맞이한 목회자 내외는 그 사람의 이야기를 들어주며 "당장 머물 곳이 없다면 교회에 허름한 방이 하나 있으니 그곳에 머물라"며 그를 배려해 주었다. 중이 교회에 왔다는 소문에 마을 사람들이 기웃거리기 시작하고 먼 곳으로 버스를 타고 교회에 다니던 사람도 거리가 멀어 교회를 옮기려 한다며 찾아와 등록을 했다.

그래서 대여섯 가정의 성도가 모여졌을 즈음, 이 불교도였던 사람이 일을 저지르기 시작했다. 성도들의 가정을 찾아다니며 복음 아닌 운명과 팔자를 논하면서 곡

목사 임직패

143

차(술)를 함께 나누자며 성도들을 현혹하고 있었다. 단호한 성격의 이정임 사모는 담판을 지으려 그를 불렀다.

"당신이 하나님의 사람이 되기로 결심했으면 하나님 말씀을 배우며 겸손히 지내야지, 어찌 성도들을 현혹시키는 마귀 짓을 하고 다니느냐?"

이정임 사모는 그에게 호통쳐서 내어 쫓았다.

맹탕이었던 성도들이 이 사건을 계기로 정신을 차려 교회생활을 열심히 하기 시작했고 성도들은 하나둘씩 늘어나기 시작했다. 마을의 가양초등학교 교장 선생님 댁이 교회에 나오기 시작하면서 교회에 예배하는 사람들이 더 늘기 시작했다. 이때 막내아들이 연세대학교 신학과 학생으로 토요일에 물골안으로 들어와 주일을 지내며 학생들을 지도해 주어 아이들도 점차 증가해 나갔다.

그런데 문제가 한 가지 붉어졌다. 25리(10km) 떨어진 교회의 목사가 전화를 해서 "성도들이 그 교회로 자꾸 이전을 하는데 왜 등록을 받느냐?"며 화를 내는 것이었다. 이에 이정임 사모는 전화를 받아 차분히 말하였다.

"목사님! 죄송합니다. 내 교회 성도가 다른 교회로 등록하면 당연히 목사님 마음이 안 좋으시겠죠! 하지만 그곳과 이곳의 거리는 10킬로나 떨어졌고 먼 곳을 다니던 성도들이 자기 마을에 교회가 생기니 스스로 찾아와 등록을 한 것입니다. 목사님 교회는 큰 마을에 성도 200명도 넘는데 일부러 개척을 해서라도 이 지역을 복음화시켜

어머니의 인생 승부수

야 하실 분이 어찌 서너 가정이 개척교회로 이전했다 하여 이리도 화를 내십니까? 목사님은 마을에 술집이 들어서는 것은 신경도 안 쓰고 관심도 없으면서 멀리 떨어진 골짜기에 개척교회가 들어선 것이 그렇게도 신경이 쓰이십니까? 우리는 힘을 합쳐 복음을 전하여 마을과 지역을 복음화시켜야 할 사명이 있는데 전도를 도울 수 있는 성도 몇 사람이 먼 개척교회에 온 것이 그리도 속상하십니까?"

이런 말로 이정임 사모가 도리어 그 목사를 훈계하니 그만 전화를 끊고 다시는 연락이 오지 않았다.

이런 일이 있고 난 뒤 교회는 차츰차츰 자리를 잡아가고 어린이 예배와 중고등학생 모임도 만들어지고 성도들도 조금씩 더해지기 시작했다. 하나님의 종들이 교회를 개척하는 과정에 악한 영들이 방해를 하고 사탄이 역사하는 일이 있지만 도리어 그것을 기회로 삼아 하나님의 말씀으로 이겨나간다면 얼마든지 복음의 역사는 나타나기 마련이다. 이렇게 해서 가양교회는 그 지역에 순조롭게 자리를 잡으며 성장해 나갔다.

현재 경기도 마석의 가양교회

145

경기도 양평
백석교회의 목회

가양교회에서 약 3년여 목회를 하며 재미있게 교회를 키워가고 있는데 남편이 10월 가을 노회를 다녀와서 하는 말이 동료 목사 가운데 교회에서 당장 사임해야만 하는 목사가 있다고 했다. 그러면서 "우리 교회는 이제 안정적으로 자리를 잡았으니 그 동료를 살려줘야 할 것 같다"라고 말하는 것이었다. 내용인즉슨 경기도 양평의 모 교회를 담임하는 목사인데 사모가 병을 앓게 되어 오랜 시간 치료를 받고 있는데, 교인들이 매정하게도 사임해 달라고 통보를 했다는 것이다. 그러니 우리가 교회를 바꾸어 목회를 하면 그 친구를 살릴 수 있으니 양평으로 가서 새로운 목회를 해 보자는 것이었다.

이정임 사모는 한참 재미나게 성도들과 친해지며 지내고 있는데 이런 이야기를 들으니 은근히 화가 나서 "당신이나 혼자 가세요! 나는 이곳에 있을 테니"라고 대꾸를 하니, 남편은 "이제 나는 성경 이야기 가운데 선한 사마리아 사람 비유는 빼놓고 설교해야겠소"라고 말하는 것이다. 이 말은 어려움을 만난 동료의 이야기를 들었는데 어떻게 모르는 척 지나치겠느냐는 뜻이다.

결국 두 내외는 잘 알지도 못하는 양평으로 일단 답사를 떠났다. 양평에 도착하여 이정임 사모는 '이것이 하나님의 인도하심인지, 아니면 인간적인 동정의 마음에서 하는 것인지 답을 알고 싶습니다'라고 하나님께 기도했다. 그녀는 "하나님! 표적을 보여주옵소서! 물골안의 맑은 개울물이 좋아서 그곳에 마음이 끌려간 것처럼 만일 그 교회 근처에 맑은 개울이 있다면 하나님의 인도하심인 줄 알고 따르겠습니다"라고 마음에 다짐을 했다.

두 내외는 양평읍에 내려 택시를 타고 "아무개 교회로 가자!"고 해서 도착을 했는데 이게 웬일인가? 물골안의 개천도 좋았지만 그보다 더 맑고 큰 개울물이 바로 교회 앞에서 콸콸 흐르고 있었다. '하나님의 사인이시구나!'하는 마음으로 교회에 들어가 보니 형편없이 누추한 블록 건물에 사택도 지저분하기 이를 데 없었다. 사모가 몸이 아프니 전혀 청소도 안 되고 온 사방 어지럽혀져 성도들이 좋아할 수가 없는 상황이었다.

가양교회로 돌아가서 다른 교회로 이임해야 하는 이유를 성도들에게 설명하자니 매우 힘이 들었다. 하지만 이미 마음을 굳히고 온 터라 새로 오시는 목사님을 잘 섬겨 줄 것을 성도들에게 부탁하고, 1986년 11월 양평의 백석교회로 부임했다. 도착한 날로부터 남편 김종림 목사는 소매를 걷어붙이고 일을 시작했다. 목장 운영 경험에 가나안농군학교 산업과장을 거치며 온갖 건축 보수하는 일에 능숙해진 남편은 그날부터 교회를 새롭게 만들어 나가기 시작했다.

　동네 사람들은 이번엔 교회에 돈 있는 목사가 온 것 같다며 교회 공사하는 것을 기웃거리며 보았다. 교회 대지의 땅 주인도 찾아와 임대료를 쌀 세 말에서 네 말을 달라고 요구해 왔다. 이정임 사모는 교회가 남의 땅을 쓰고 있는 것이 마땅치 않아 남편과 상의하여 대지 헌금을 추진하고 면목동 집 전세금 받은 돈을 다 풀어 그 땅을 샀다. 그리고 교회 마늘밭을 갈아서 잔디를 심어 교회 마당을 멋지게 꾸몄다. 아들들이 여름휴가를 오면 잔디 까는 일에 모두 동원되기도 했다.

양평 백석교회 목회 시절

　교회가 점차 아름다워지니 일 년 전부터 매월 5만원씩을 보조해주던 모 교회의 장로들이 찾아와 이렇게 잘 갖추어진 교회에 보조는 좀 곤란하다며 서로 수군거렸다. 이를 눈치챈 이정임 사모는 장로들을 집안으로 불러들여 다과를 정성껏 대접하며, 고개 숙여 한 해 동안 도움 주셔서 대단히 감사하다고 인사한 후, 장로들에게 농촌교회 목회자의 입장을 항변했다.

"만일 장로님들께서 아주 찌그러지고 허름한 교회를 찾고 계신다면 요 옆에 그런 교회를 알고 있으니 안내해 드리겠습니다. 농촌에 그런 힘들고 어려운 교회는 얼마든지 있습니다. 하지만 진짜 큰 교회들이 도와주려고 찾아야 할 농촌교회는 건물이 허름한 교회가 아니라 그 허름한 교회를 새것으로 바꾸어 보려고 노력하는 교회여야 하지 않겠습니까? 그럼 장로님들이 돕는 교회가 몇 년이 지나도 아무런 변화나 성장도 없이 계속 도움만을 바라는 그런 교회가 되기를 바라십니까?"

자기네 교회가 도움을 준다고 농촌교회 시찰에 나서 거들먹거리던 장로들이 그만 이정임 사모에게 호되게 훈계를 듣고 아무 말도 못 하고 돌아갔다. 그 사건 이후 그 교회 장로들은 보조금을 끊지 않고 도리어 옆 마을의 백안교회까지 보조를 시작했다. 이렇듯 이정임 사모는 어린 시절부터 하나님 보시기에 옳지 못하다고 여겨지거나 권세를 남용하는 자가 있으면 나서서 담판을 짓거나 항변하여 상황을 반전시키는 그런 특별한 은사가 있었다.

그 이후 백석교회에는 많은 변화가 일어났다. 지역의 군부대 군인들이 매주 단체로 와서 주일예배를 드리고 돌아가고, 중고등부 학생들이 대거 모여들어 양평군 기독교연합회 중고등부 연합성회가 개최되는 등 매우 활발한 교회가 되었다. 필자도 그 당시 연합성회 강사

149

로 초청받아 중고등부 부흥회를 인도한 적이 있다. 양평의 여러 교회 가운데 가장 연약했던 교회가 이제는 탄탄하고 힘 있는 교회로 변신한 것이다.

비록 늦은 나이에 시작한 목회였으나 남편 김종림 목사의 성실한 성품과 이정임 사모의 영적 리더십이 합쳐져 교회는 날로 날로 아름답게 성장해 갔다.

양평 백석교회에서
목회를 마감하다

1986년 11월에 부임하여 다 망가지고 부서진 교회를 고치고 다듬어 아름답고 예쁜 예배당과 주차장을 만들고, 남에게 매년 도지를 내고 빌려 쓰던 마늘밭과 딸린 주택을 구입하여 사택을 이전하면서 넓은 잔디밭을 만드니, 교회 전체 부지가 정리되고 크게 확장되었다. 남편 김종림 목사는 주일 외에는 매일 작업복을 입고 교회를 다듬고 고치고 나무 심는 작업을 했다. 이렇게 힘든 일이 그에게는 재미있는지 하나의 작업이 끝나면 또 다른 일을 만들어서 계속 일을 진행했다. 어떤 때는 새벽예배를 마치고 나오면서 넥타이를 맨 채로 작업을 시작하여 와이셔츠에 먼지를 묻혀 벗어놓는 때가 한두 번이 아니었다. 설교 준비시간을 제외하고는 다른 곳에 외출하는 일도 없이 교회 이곳저곳을 돌아보며 살피는 것이 그에게는 유일한 낙이었다.

그는 늦은 나이에 목사가 되어 하나님께서 맡겨주신 교회를 다듬고 또 다듬어 예쁘고 아름다운 교회를 만들고자 했다. 그래서 지역 주민과 성도들이 와서 마음껏 즐기며 찬양하고 예배할 수 있게 만들어 주는 것이 그의 남은 꿈이며 또한 희망이었다.

151

노회에서 설교하는 김종림 목사(1992년 봄)

남편의 이런 노력으로 교회가 점점 예쁘게 단장을 해가니 동네 사람들도 놀러 오고 젊은 아이들도 와서 그곳에서 시간을 보내면서 점차 교회 식구들이 늘어갔다. 이정임 사모가 좋아하는 개천에는 큰 돌을 정리해 주어 빨래터까지 멋지게 만들어 주었다. 그랬더니 동네 아주머니들이 빨래터에 와서 빨래를 하며 이정임 사모와 인사를 하고 점점 친해져 전도할 수 있는 기회가 되었다.

백석교회에서 6, 7년 이렇게 목회를 하다 보니 남편의 나이가 60대 중반에 들어서고 이정임 사모는 환갑이 되었다. 잘 꾸며놓은 잔디밭에 옛날 어린 시절 38선 이북 철원사범학교에서 함께 공부하던 친구들을 불러 천막을 쳐 놓고 근사한 합동 환갑잔치를 열었다. 그러면서 친구들에게 이런 멋진 교회당을 만든 남편과 각 처에 흩어져 사역하고 있는 네 아들 목사와 며느리 그리고 딸과 사위를 소개했다.

이렇게 이정임 사모의 환갑잔치를 은혜스럽게 마치고 이제 남은 임

철원사범학교 동기들과 합동 환갑잔치를 기획하다(1993년 8월)

남편이 만들어놓은 교회 잔디밭에서 옛 친구들과 함께

기의 목회를 구상하고 있는데 어느 날, 남편이 새벽기도회를 끝내고 돌아오면서 "교회당이 좁아서 강단 뒷벽을 헐어 얼마만이라도 늘려야겠다"고 했다. 그러더니 종래 그 일을 저지르고 말았다. 기술자 한 사람을 사서 자신이 직접 도우며 뒷벽을 헐고 블록을 쌓는 일을 진행했다. 남편은 작업하다 말고 목이 마르면 사택으로 들어와 냉장고를 열어 사이다, 콜라와 같은 청량음료를 마시기를 좋아했다. 이제는 나이도 60대 중반인데 무리를 하는 것이 아닌가 싶었다.

성전확장공사는 얼마 만에 성공적으로 마무리가 되었는데 남편에게서 석연치 않은 증세가 나타나기 시작했다. 화장실을 자주 가고 조갈이 난다고 하면서 냉장고의 음료수를 지나치게 많이 마시기에 병원에 가서 확인해 보니 당뇨가 시작되고 고혈압이 진행되고 있었다. 무리한 작업에 청량음료를 계속 마시니 이런 현상이 나타나고만 것이다. 늘 건강했던 남편은 건강에 대한 관리나 지식 없이 자신의 몸을 너무 과신했던 것이다. 그러더니 예배를 인도하는 일에 실수가 생기고 심지어는 축도 할 때조차 말이 꼬이는 해프닝까지 벌어졌다.

목사의 전문영역인 예배 인도에 문제가 발생한다는 것은 묵과하기가 어려운 일이었다. 아직 임기가 5년 남았다고 버티고 있을 일이 아니었다. '젊고 유능한 목사들이 줄을 서서 임지를 찾고 있는데 미래의 이 교회를 염려할 일이 무엇이겠는가? 오늘날까지 우리 내외를 먹이시고 입히신 하나님께서 은퇴했다고 우리를 굶기시겠는가?'라는 마음이 들었다.

　남편의 나이 65세, 이정임 사모는 62세였다. '하나님께서 우리에게 여기까지만 하라고 하시는가 보다'라는 깨달음이 일자 남편을 위로하고 설득했다.

　"우리 더 이상 애쓰지 맙시다. 그동안 열심히 최선을 다해 여기까지 왔으니 지금 그만둬도 후회는 없어요."

　남편도 동의하여 1993년 12월 말로 교회를 사임했다.

Part 6

아들
목회자들을 위해
기도하다

고린도전서 4장 1, 2절

사람이 마땅히 우리를 그리스도의 일꾼이요
하나님의 비밀을 맡은 자로 여길지어다
그리고 맡은 자들에게 구할 것은 충성이니라.

맏아들이 목회하는 교회의
성도가 되다

맏아들이 목회하는 양평의 국수교회는 전형적인 농촌교회이다. 만 7년간 목회하던 양평읍의 백석교회가 국수교회와 가까이 있었기 때문에 이곳에는 자주 드나들어 이미 많은 성도들을 알고 있었다. 목회를 그만두고 국수교회로 이사하니 담임목사의 부모가 오셨다며 옛날 목회자가 사용하던 구 사택을 정리해 그곳에서 지내도록 해 주었다.

1988년에 이곳에 부임한 맏아들은 농촌에 노인 중심으로 구성된 교회에 와서 고군분투하며 새바람을 일으키고 있었다. 젊은이들도 많이 모여들었고 다양한 복지사업을 진행하여 지역으로부터 많은 호응을 받기도 했다. 또한 큰며느리도 교회에서 청소년들을 모아 악기를 가르치며 열심히 목회에 조력하고 있었다.

김종림 목사, 이정임 사모 내외는 1994년 1월부터 국수교회 평신도 신분이 되어 예배에 참석하기 시작했는데, 일 년 동안 아무 말 없이 교회의 모습을 지켜보며 어떤 모양으로 목회를 도와 교회에 좋은 영향을 끼칠 수 있을까 생각해 보았다. 국수교회에는 여전도회와 남선교회가 매월 모임을 하고 있는데 이제 갓 결혼한 젊은 사람부터 칠팔십 노인들까지 한자리에 앉아 회의를 하고 대부분 아주 오래된 고참 권사님이나 장로님들이 회장을 맡고 있었다. 그러니 젊은 성도들은 조심스러워 말도 못 꺼내고 어른들이 하는 대로 따라 하고 있었다.

20년 전, 이미 이러한 분위기를 경험했던 이정임 사모는 여전도회 모임에 참석하여 면목교회 여전도회 회장 시절 나이별로 회원을 분리하여 교회를 활성화시키고 '여전도회전국연합회'에서 사례를 발표했던 경험을 이야기하며 회원들을 설득했다. 여전도회원들도 그것이 좋겠다고 동의하여 회칙을 다시 만들고 나이별로 여전도회를 셋(한나, 에스더, 마리아)으로 구분하여 각각 회장을 선출하고 임원을 세

맏아들이 목회하는 국수교회로(1994년 1월부터)

어머니의 인생 승부수

우니 남선교회도 자연스럽게 분리하는 작업이 이루어졌다.

나이별로 구분된 여전도회 임원들이 왕성하게 활동을 펼치니 많은 여 성도들이 여전도회에 가담해서 즐겁고 기쁘게 또래 모임을 이끌어나갔다. 여전도회가 점점 활성화되었고 전 세대 여성들이 교회 활동과 봉사에 참여도가 높아졌다. 남선교회도 나이를 구분하여 활동을 시작하니 교회의 평신도 활동이 매우 활발하게 되었다.

그다음 단계로 이정임 권사는 제직회에서 노인혁명을 일으키고 싶었다. 농촌 교회의 어른들이 먼저 의식이 깨이고 분별력을 가져 교회 내에서 어떤 역할을 해야 하며 어떻게 처신하는 것이 올바른 것인가를 생각하도록 일깨워주고 싶었다.

당시 국수교회는 장년 교인 100여 명에 제직 회원이 40여 명 정도가 되는데 제직회에는 늘 70여 명 이상이 참석했다. 그 이유를 알아보니 70세가 넘어 은퇴하신 노인들이 여전히 예배를 마치고 제직회에 참여하여 제일 앞자리를 차지하고 있었기 때문이다. 노인들은 은퇴는 했어도 여전히 집사요 권사이기에 그 자리를 지켜야 하는 줄로 알고 있었다. 또 오랜 세월 제직회에 참석해 왔는데 거기서 빠져나오면 뭔가 교회에서 자신의 입지가 약해진다는 생각을 하고 있었다.

이처럼 국수교회가 노인층이 강세를 이루는 교회이다 보니 서열에서 밀려난 젊은 집사들은 뒷자리를 배회하며 적극적으로 제직 활동

161

에 참여하지 않고 있었다.

드디어 한나(노인그룹) 여전도회 회장으로 등극한 이정임 사모는
회원들에게 말했다.

"교회는 이제 젊은 사람들이 운영하도록 해야 합니다. 교회 내에
젊은 제직들도 많이 세워졌으니 은퇴한 우리 회원들이 굳이 제직회
에 참석해서 자리만 차지하고 있지 말고 도리어 제직회가 진행되는
동안 저들을 위해 기도하도록 합시다."

이후 한나 회원들은 스스로 제직회의 참석을 양보하고 제직회가
모이는 동안 따로 모여서 젊은 제직들과 당회가 교회를 잘 이끌어
나갈 수 있도록 기도하기 시작했다. 이처럼 김종림 목사, 이정임 사
모 내외는 뒤에서 차분히 아들의 목회를 도우며 성도들을 선도해 나

목회사역 은퇴 후 국수교회에서 추석 명절을 자녀들과 함께 보내는 모습

어머니의 인생 승부수

가는 역할을 했다. 평소 각 처에 흩어져 있던 다섯 자녀 내외는 명절이면 부모님이 계신 국수교회로 모여 와서 즐거운 시간을 함께 보낼 수 있었다.

국수교회 권사로 취임하다

1997년 봄, 강원도 강릉에서 단독 목회하던 둘째 아들 김태현 목사가 큰아들 김일현 목사의 요청으로 국수교회의 부목사로 부임했다. 이는 국수교회가 조금씩 부흥하기 시작하면서 담임 목사와 손발을 맞출 부교역자가 필요했는데, 그러한 인물을 찾기가 쉽지 않자 강릉에서 단독목회(온누리교회)하던 동생과 의견을 나누어 성사된 일이었다.

그러나 단독목회를 오래 하던 사람이 뒤늦게 형이 시무하는 교회의 부목사로 사역한다는 것이 그리 쉬운 일이 아니어서 나름대로 큰 결심이 필요했다. 이 일은 형제 당사자는 물론이요 또한 형제 목회자를 모셔야 하는 국수교회 당회에서도 큰 결단이 필요했던 일이다. 그러나 감사하게도 당회에서는 순탄하게 결의가 이루어져 한국교회에서는 좀처럼 보기 어려운 형제 목회가 이루어지게 되었다. 거기다가 이미 양평읍에서 목회하시던 부모 김종림 목사 내외도 은퇴하여 국수교회에서 함께 생활하고 있던 터였다. 부자간에, 그리고 형제 목회자 가족이 모두 국수교회에 모일 수 있었던 것은 그동안 큰아들 김일현 목사가 교회로부터 크게 인정을 받아왔기에 가능한 일이었다.

어머니의 인생 승부수

어찌 됐든 형제가 나란히 서서 목회하는 모습을 바라보는 부모의 마음은 대견하기 이를 데 없었다. 이렇게 형제 목회가 이루어지고 난 후 국수교회는 급성장하기 시작했는데 이것은 두 형제의 특징 있는 문화적 사역의 진가가 비로소 발휘되었기 때문이다.

이즈음인 1999년 11월 7일 이정임 권사는 성도들의 신임을 받아 국수교회 권사로 취임하게 되었다. 목사 사모의 신분으로서는 제직회의 직분을 받기가 어려웠으나 남편이 목회를 그만두고 이제 평신도 신분이 되었으므로 비록 67세, 늦은 나이였지만 권사의 직분을 받을 수 있게 된 것이다.

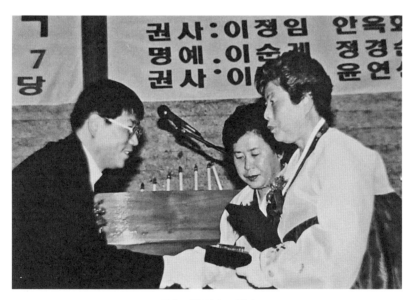

국수교회 권사로 임직

권사 임직패

60대 후반의 나이에 큰 활동은 할 수 없어도 이정임 권사가 할 수 있는 일은 두 아들의 목회를 위해 계속 기도하는 일이고, 노인들이 많은 농촌교회에서 그들과 어울려 노인들의 신앙을 독려하는 일이 그녀에게 주어진 중요한 사명이었다. 남편 김종림 은퇴목사도 남성 노인 그룹에 속해서 함께 어울리며 즐거운 노후를 보낼 수 있었다.

국수교회는 날로 날로 성장하여 교회창립 50주년을 맞이하는 2002년에는 콘서트형 새 성전을 지어 헌당함으로써 한국교회의 독특한 문화선교의 모델교회로 발전해 나갔다. 그러면서 기독교TV 방송국 CTS와 CGN에서의 방송취재와 출연, 그리고 국민일보 및 기

어머니의인생 승부수

독공보 등 다양한 신문사와 잡지사의 취재가 이어졌다.

　이러한 눈부신 아들들의 활동을 바라보는 이정임 권사는 마음이 흐뭇할 뿐만 아니라 더욱 아들들을 위해 기도해야 한다는 긴장감을 늦출 수가 없었다. 또한 동두천에서 규모가 큰 교회(동성교회)를 담임하는 셋째 정현 목사와 교단신문 한국기독공보사에서 중직을 맡고 있는 넷째 보현 목사의 사역지를 위해서도 영적으로 순회하며 새벽마다 제단에 엎드렸다. 이렇게 네 아들 목사를 위해 기도하는 것이 그녀의 주된 일과였다.

셋째 아들이 목회하는 동두천 동성교회
(2002. 2. 20.~현재)

막내아들은 한국기독공보사(1990. 5. 1.~2011. 7. 31.)에서 22년을 근무했다.

Part 6_ 아들 목회자들을 위해 기도하다

외동딸 혜경이
세상을 먼저 떠나다

2002년 여름, 안양에서 남편을 따라 목회생활을 하고 있던 외동딸 혜경 사모가 계속 소화가 안 된다고 했다. 초진을 한 병원에서는 소화불량이나 위궤양 같으니 계속 약을 복용하라고 했다. 그런데 가을쯤 되어 어두운 얼굴로 딸 내외가 양평의 오빠들을 찾아와 조직검사를 받았다고 했다. 그러나 부모님이 아시면 낙담하실 것 같으니 기도는 오빠들이 해 주고 아직 알리지는 말아 달라고 부탁을 했다. 두 내외는 큰 병원을 찾아다니며 여러 검사도 받고 약도 먹어 보았으나 위암으로 판명되었고 또한 많이 진전된 상태라고 했다.

그 이듬해 2월 말, 딸 혜경 사모가 신촌의 세브란스 병원에 입원하자 이정임 권사가 딸 곁에서 간호를 시작했다. 딸은 자신의 몸이 불편함에도 불구하고 간병인 없이 홀로 지내는 환자들에게 링거 줄을 매달고 찾아가 대화도 하고 친구도 되어주면서 병원생활을 견디고 있었다. 그러나 자신의 증세가 점점 심각하게 나타나자 비로소 입을 열어 알렸다.

"엄마! 내가 위암에 걸렸어! 말기라서 아마 치료가 힘들 거야!".

어머니의 인생 승부수

"이게 무슨 소리야! 왜 그동안 말하지 않았어! 이것아!"

이정임 권사는 청천벽력과 같은 소리에 놀라서 쏟아지는 눈물을 주체할 수 없었다.

'어떻게 살릴 수 있는 방법이 없을까?' 그녀는 병원기도실에 들어가서 딸을 살려달라며 하나님께 매달렸다. 사위가 병원으로 오자 "이 사람아! 왜 여태껏 말을 안 했어! 내가 미리 알았더라면 한 달에 천만 원이 들었어도 방법을 찾아 딸을 고쳤을 것이야!" 나무라면서 또다시 통곡했다.

상황이 이렇게까지 되고 병원에서도 가능성이 없다고 하니 이정임 권사는 이제 딸이 있을 곳이 병원이 아니라고 판단했다. 우리가 하늘의 소망이 없는 사람도 아닌데 하루라도 암환자가 편안하게 지낼 수 있는 곳으로 옮기자고 하여 용인 근처의 호스피스 병원으로 함께 입소했다.

그곳은 모든 시설과 프로그램이 암환자를 위해 최상이었다. 매일 아침 예배가 있고 간병하는 분들이 친절하게 암환자들을 돕고 있었다. 이정임 권사는 매일 성전에 올라가 하늘의 소망을 베풀어 달라며 기도를 쉬지 않았다. 딸은 몸이 점점 더 쇠약해져 갔지만, 옆에 있는 더 약한 환자를 보며 "엄마! 저 사람 많이 힘들어해요! 간호사 좀 불러줘요" 하면서 더 신경을 쓰는 것이었다.

호스피스 병원에서 한 이십여 일 지났을까? 남편의 친구 목사가 그곳을 심방하여 예배를 드리는데 어디서 그런 힘이 났는지 침대에 누워 박수를 치면서 '주의 친절한 팔에 안기세' 찬송을 4절까지 힘차게 부르는 것이었다. 아마도 딸은 이때 하늘의 기운을 새롭게 경험하는 듯했다. 그 후 딸은 이정임 권사에게 부탁했다.

"엄마! 아무래도 내가 하나님 곁으로 곧 갈 것 같아! 그런데 지금 내 신체 중에 성한 곳이란 이 두 눈뿐이야! 내가 만일 하나님 곁으로 가면 내 눈을 다른 사람에게 주어 한 사람에게라도 빛을 보게 해 주고 싶어!"

딸의 이 유언 같은 말에 이정임 권사는 소리도 못 내고 가슴으로 울며 병원 관계자를 불러 각막 기부 신청서를 작성했다.

그리고 난 후 4월 23일, 수요일 저녁예배에 참석한 딸이 사회자에게 다가가서 오늘 특송을 하고 싶다고 청했다. 어린 학생 시절부터 중창단 혹은 성가대로 활동하며 노래 부르기를 좋아했던 딸이 하나님 앞으로 가기 전에 성도들 앞에서 찬송으로 신앙고백을 하고 싶었던 모양이다. 그녀는 가녀린 몸으로 예배자들 앞에 나가 섰고 찬송을 부르기 시작했는데 힘 있는 목소리가 나올 수 없었다. 딸이 어린 시절부터 즐겨 불렀던 찬양이었다.

"나 어느 날 꿈속을 헤매며 어느 바닷가 거닐 때…"

조용하지만 아주 또렷하고 가는 목소리로 이어갔다.

"내가 영~원히 사~모할 주님, 부드러운 그 모습은 나 대하고 그 후로부터 내 구주로 섬겼네."

온 힘을 다해 부른 이 찬송은 그녀의 마지막 간증이었다. 딸 김혜경 사모는 다가오는 주일예배를 드리지 못하고 2003년 4월 26일 토요일 오후 조용히 하나님 품에 안겼다. 그녀의 나이 마흔넷, 참으로 아까운 나이였다.

하지만 이러한 모든 과정을 지켜봤던 어머니 이정임 권사는 딸에게서 많은 감화를 받았다.

"하나님! 사랑하는 딸을 오랜 고통으로부터 놓아 주시니 감사를 드립니다!"

이렇게 기도를 드린 후 호스피스의 병원 원목 목사님을 청하여 임종예배를 드리고 아들들에게 부고를 전하며 지금은 토요일 저녁이니 주일예배 준비하고 내일 모든 예배를 마친 후 입관을 위해 호스피스 병원으로 모이도록 했다. 오직 사위와 두 손녀가 울면서 달려왔다. 호스피스 이 병원에 들어온 지 꼭 한 달 만의 일이었다.

이정임 권사는 사위에게 명하여 남대문으로 가서 분홍색 멋진 드레스를 맞춰오라고 했다. 딸이 하나님께로 가는데 보기 싫은 삼베 수의를 입혀 보내고 싶지 않았다. 딸에게 분홍색 고운 드레스를 입히고 직접 얼굴 화장도 시켰다. 입관예배 때 아들들과 사위가 섬기는 여러 교회 조문객들은 곱게 잠들어 누워있는 고인의 모습을 볼 수 있었다.

장례식날, 어머니 이정임 권사의 처신은 확실했다. 딸이 이미 하나님 나라에 갔다는 확신으로 충만했다. 딸이 남긴 시신은 장례를 통해 정성껏 수습은 하지만 사람들에게 슬픈 얼굴을 보이고 싶지 않아 화장터에 딸의 시신이 들어갈 때도 이정임 권사는 눈물을 흘리는 대신 찬송을 부르며 하나님께 감사했다.

어찌 애통하지 않을 수 있겠는가? 그러나 이정임 권사는 딸과의 송별식에서 인간적인 애환보다는 하늘의 소망으로 그 시간을 채우고 싶었던 것이다.

딸 김혜경 사모가 남긴 것

아들들에게 일찍이
유산을 나누어 준 이유

이정임 권사는 성실하게 돈을 벌고 알뜰히 절약하며 모아서 신혼 때 이미 작은 주택을 구입하여 월세나 전세살이 없이 살아왔다. 그러니까 둘째 아들 때부터는 전세방이 아닌 내 집에서 자녀들을 출산할 수 있었다. 그리고 마장동에서 두 내외가 서로 열심히 벌면서 조금 형편이 나아지자 1970년대 초반, 당시 신흥 개발지역인 면목동에 집 두 채를 지으며 이사한 만큼 생활이 넉넉해지기도 했다.

하지만 남편이 작은 사업에 투자했다가 재정적인 손해를 보게 된 일이 생겼다. 또한 목장을 시작하면서 형편이 괜찮아지는 듯했으나 갑자기 불어 닥친 유류파동과 사료파동으로 목장이 문을 닫아 많은 손해를 입었다. 얼마 남지 않은 재산으로 면목동 뚝방에 무허가 주택을 하나 구입하여 살았는데 지역 국회의원이 욕심을 내어 무허가촌을 개발한다며 15만원씩을 주고 나가라고 했다. 그리하여 주민들과 함께 수년간을 투쟁하여 결국 1980년대 말에 하나님의 은혜로 그 집을 1억에 팔아 경기도 양평에 얼마의 땅을 사 둘 수 있었다.

땅을 구입할 때는 모두 아들들이 목회를 하고 있으니 목회에 도움이 될 만한 여건을 고려하여 기도원으로, 혹은 수련회 장소로 쓸 수 있는 땅을 골라 구입했다. 또한 아들들이 여차하여 목회 중 어려운 일을 겪을 때 잠시 피신이라도 할 수 있도록 조그마한 농가주택도 만들어 놓았다. 이정임 권사는 온통 아들들을 위한 염려와 배려로 미래를 설계했다. 감사하게도 당시 양평의 땅은 그리 비싸지 않았으며 몇천만 원이면 수백 평의 땅을 구입할 수 있었다.

양평에서 남편이 65세 조기 은퇴를 하고 큰아들이 목회하는 국수교회로 옮겨 지내며 노후를 어떻게 보내야 할까 고민하던 차에 마침 둘째 아들이 국수교회로 부임하여 형의 목회를 돕기 시작했다. 이렇게 되자 '국수교회에 우리 가족들이 너무 많은 신세를 지는 것 같다'며 이정임 권사 내외는 다른 곳으로 거처를 옮기기로 했다. 두 내외는 이전에 땅을 사 놓은 양평 청운면의 갈운리 농가주택으로 이사하여 몇 달을 지내보았다. 그러나 노부부가 지내기에는 너무나도 한적하고 외로워 노후를 보내기에는 적당하지 않다는 판단이 들어 국수리로 다시 돌아오게 되었다.

이후 많은 생각을 하는 가운데 이정임 권사는 이제야말로 자녀들에게 모든 재산을 나누어주어야겠다는 결심을 하고 남편과 상의하여 각자의 특성에 맞는 땅을 분배해 주기 위해 네 아들과 며느리들을 모두 불렀다. 이제 30대 후반에서 40대 중반의 젊은 나이였던 아들들은 아직 부모님이 젊으신데 무슨 유산 분배냐며 극구 사양

했으나 이정임 권사는 단호하게 아들들에게 어머니의 뜻을 따르라
고 했다.

이정임 권사가 이렇게 일찍 아들들에게 재산을 분배하려고 했던
첫째 이유는, 양평 이곳저곳에 조금씩 사 놓은 땅을 관리하는 일이
너무나도 힘에 부쳤기 때문이다. 매년 내외가 가서 풀도 뽑아보고
집도 짓고 땅도 개간해 보았으나 노인 두 사람의 손으로 감당하기에
는 너무 힘이 든다는 것을 깨닫고 차라리 아들들에게 일찍이 나누
어주어 땅을 책임지고 관리하여 효과적으로 활용하도록 해 보자는
것이다.

노부부의 모습(2003년 봄)

이렇게 마음을 먹을 수 있었던 것은 네 아들 모두를 신뢰하는 마음이 있었기 때문이다. 만일 아들들이나 며느리들에 대한 미덥지 못한 마음이 조금이라도 있었더라면 이런 결단을 내리지 못하고 계속 재산을 붙들고 있었을 것이다. 나이 들어 부모 이름으로 된 재산이 하나도 없을지라도 아들들 내외가 부모를 절대 '나 몰라라'하지 않을 것이라고 믿었기 때문이다. 유산을 물려받은 자식들이 늙은 부모를 봉양하지 않고 서운하게 한다는 이야기를 많이 들어온 터였지만, 이 정임 권사는 네 아들들을 믿고 이런 결단을 내렸다.

또 한 가지 다른 이유는 아들들이 소신껏 목회하기를 바라는 마음에서였다. 목회하면서 물질에 대한 탐심을 갖는다거나 은퇴 후의 노후 준비를 위해 전전긍긍하여 교회와 사역지에서 불미스러운 일을 만드는 경우를 없도록 하려는 뜻에서였다. 어차피 나누어줄 것이라면 미리 나누어주어 자식들이 나름대로 계획도 세우고 활용하여 미래에 대한 준비를 할 수 있도록 한 것이다. 그런 생각으로 일찍이 자녀들에게 가지고 있던 땅을 모두 떼어 수백 평씩 각각 나누어 주었다.

또한 국수교회가 2002년 창립 50주년을 맞으며 새 성전을 건축하게 되었을 때, 당회원들과 건축위원들이 아무리 땅을 이리저리 측량해 봐도 계획하고 있는 교회 건물이 나올 수가 없었다. 왜냐하면 기존의 국수교회 부지에 하천부지가 많이 포함되어 있어 큰 건물을 앉힐 수가 없었기 때문이다. 이 사실을 알게 된 이정임 권사는 자신이 소유하고 있는 교회 부지 옆의 땅 70평을 교회에 내어주고 하천부지 위에 지어져 있는 낡은 사택을 허물어 20평 조립식 건물을 지은 뒤 그곳에 거주하기 시작했다. 그리고 훗날 교회가 소유한 땅 가운데 70평을 다시 돌려받기로 약속받았다.

이를 토대로 하여 국수교회는 2002년, 창립 50주년 기념예배당으로 멋진 콘서트형 건물을 지을 수 있었으며, 이 예배당 건물은 지금에 이르고 있다. 깊이 고민하고 기도하면서 이것이 교회와 자녀들의 목회에 도움이 되겠다 싶어지면 과감히 결단하여 실행하는 이정임 권사의 성격에 주변 사람들이 놀라는 일이 한두 번이 아니었다.

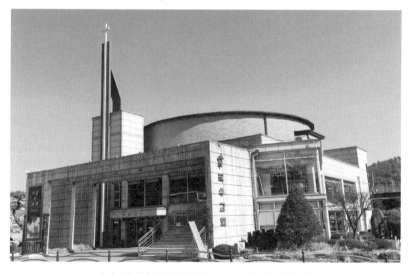

장남, 차남이 함께 목회하는 국수교회 새 성전 건축

자녀들은 이제 모든 재산을 자식들에게 나누어준 부모님을 위해 생활비의 십일조를 드리기로 약속하여 실천하고 있으며, 지금은 홀로되신 어머니의 통장에 매월 입금을 하고 있다. 이정임 권사는 이렇게 모인 생활비를 자신을 위해서는 거의 쓰지 않고 그때그때 자녀 손들의 대소사에 보태 쓰라며 봉투를 내어놓는다. 그리고 모처럼 자녀 손들이 모여 식당에서 식사를 할 경우 계산대에서 식사비를 먼저 지불하시는 어머니의 모습에 아들, 며느리가 이구동성으로 "어머니! 이건 아니에요"라고 막아서지만 이정임 권사는 늘 "이것이 내 큰 행복"이라고 말한다.

어머니의 인생 승부수

추억 여행

이정임 권사가 칠순을 막 넘긴 어느 날, 동두천에서 목회하는 셋째 아들 김정현 목사가 찾아와 "어머니! 놀라운 일이 있었어요"라고 말했다. 무슨 일이냐며 깜짝 놀라서 물으니 셋째가 내막을 이야기했다.

어머니께서 들려주셨던 옛날이야기 한 가지를 기억했다가 교단 신문인 한국기독공보에 '감동적인 신앙예화'로 소개했는데 그 실제의 이야기 주인공이 나타났고, 그와 관계된 여러 사람들까지 만났다'는 것이었다. 그 이야기의 내용은 다음과 같다.

이정임 권사의 신혼 시절, 잠실 새내교회가 운영하는 성경구락부 교사가 되어 마을 아이들을 모아 지도하고 있었다. 그곳은 땅콩농사, 고추농사가 고작이고 여름 장마가 되면 홍수가 나서 헬리콥터가 와서 섬사람(당시는 작은 섬이었음)들을 구출하는 경우도 있었다. 당시 이정임 선생도 '그곳의 땅값이 싸니 땅을 사두라'는 말을 주변에서 자주 들었으나 지역 여건이 그런 줄 알고 대수롭지 않게 여기다 남편이 취직되어 그곳을 떠나왔다.

그런데 얼마 후에 도시에서 사람들이 찾아와서 땅을 팔라며 시가 5원의 땅을 100원을 주겠다고 하니 섬사람 대부분이 "이게 웬 횡재냐"며 땅을 팔고 육지로 다 나갔다는 것이다. 그런데 그 교회의 김동진 집사라는 분이 다른 사람은 다 땅을 팔고 나가는데 전혀 동요함 없이 그곳을 지키고 있었다.

사람들이 "왜 이곳에 남아 있느냐? 땅값 좋을 때 얼른 팔고 육지로 나가지 미련하게 왜 이곳에 있느냐?"고 핀잔을 주었으나 김동진 집사는 "다들 이곳을 떠나면 누가 우리 교회를 지키느냐"며 혼자라도 그곳을 지킬 마음으로 새내(신천)에 남게 되었다. 그리고 세월이 흘러 강남의 작은 섬인 새내가 개발되더니 큰 도시가 되고 계속 땅값이 올라 그곳에 남아있던 김동진 집사는 그야말로 벼락부자가 되었다.

이정임 권사도 후에 이 사실을 알게 되었는데 그녀의 기억에 의하면 김동진 집사의 교회사랑은 너무도 애절해서 교회 물건 하나하나까지 진심 어린 애정을 가지고 살폈으며, 그 작고 허름한 교회를 계속 돌보았다는 것이다. '남들은 다 돈을 좇아나가도 주님의 교회만큼은 내가 지킨다'는 사명감으로 그곳에 남았던 김동진 집사에게 우리 하나님은 당신의 방법으로 복을 내려주시고, 그의 삶을 풍성케 해 주셨다는 내용이다.

이 이야기가 발표되고 한국기독공보사에서는 이 예화가 사실인가를 확인하기 위해 추적하여 신천장로교회에 김동진 원로장로가 살아 있다는 것을 확인했다. 그와 동시에 한국기독공보 기사를 본 총신대 모 교수가 학교의 동료 교수에게 "자네 아버지 이야기가 한국 기독공보에 실렸던데"라고 알려주었는데 그가 바로 김동진 장로의 아들이었다.

그리하여 이 이야기가 가족 간에 화제가 되었고 당시의 사건을 정확하게 소개한 내용에 너무 놀라서 필자를 살펴보니 '동두천 동성교회 김정현 목사'였다. 그리하여 가족은 동두천에 살고 있는 큰딸에게 확인을 하였는데 그녀는 그곳에서 큰 식당을 경영하고 있는 김봉희 권사였다. 그녀는 가끔 자기가 운영하는 식당에 들러 식사하는 김정현 목사를 이미 알고 있었기에 동두천 동성교회에 전화하여 확인을 하였고, 그 목사님이 자신의 어린 시절, 교회의 성경구락부 이정임 선생님의 아들이라는 사실을 비로소 알게 되었다.

김봉희 권사는 그 당시 어려서 성경구락부 학생은 아니었지만 이정임 선생님이 자신을 많이 예뻐해 주셨던 일을 기억을 하고 있었다. 그리고 총신대 교수인 남동생은 더 어렸기 때문에 이정임 선생님을 기억하지 못하고 있었다.

그런데 더욱 놀라운 사실은 이러한 이야기를 김정현 목사가 동두천 동성교회 강단에서 다시 소개했을 때, 설교를 듣던 김운순 권사가 놀라움으로 마음이 뜨거워졌다. 그녀는 바로 새내 성경구락부에서 이정임 선생님에게 가르침을 받은 제자였던 것이다. 교회 안에 어머니의 옛 제자가 숨어있을 줄은 전혀 예상치 못했던 김정현 목사는 이 놀라운 사건을 경험한 후 즉시 양평으로 달려와 어머니에게 그 사실을 알리게 된 것이다.

이 일이 있고 난 뒤 이정임 권사는 남편 김종림 목사와 함께 아들이 목회하고 있는 동두천, 아니 옛 제자가 사는 동두천으로 향했다. 그리고 김봉희 권사가 운영하는 식당에서 제자 김운순을 만났고 당시 어린 꼬마였던 식당 주인 김봉희도 만났다. 제자는 오래간만에 만난 스승을 정성껏 대접해 드리고 옛이야기들을 나눈 후 보내드렸다. 얼마 후 김동진 장로 내외가 양평으로 이정임 권사와 김종림 목사를 방문했다. 50년 만의 만남으로 이제는 칠순 팔순의 노인이 되어 옛 추억의 이야기를 나누며 서로 감격해 했다.

이 일이 있은 후 이정임 권사는 남편과 큰아들 내외에게 어린 시절을 보냈던 철원의 월정리를 가보고 싶다고 했다 칠십이 넘으니 옛날 일이 그립고 생각나 그곳에 가보고 싶은 마음이 간절했던 것이다. 그리하여 철마의 마지막 종착역, 월정역으로 향했다.

신앙의 자유를 찾아 떠나

월정리를 찾은 두 내외

월남한 지 55년 만에 다시 찾은 월정리의 옛 모습은 모두 다 사라졌고 남북 분단을 실감케 하는 여러 가지 상징물들만이 설치되어 있었다. 휴전 이후 그곳이 남한 땅이 되긴 했으나 청소년 시절, 공산당 신앙탄압으로 고통을 받았던 옛 추억은 그저 씁쓸하기만 했다.

시무 권사를
은퇴하다

국수교회의 권사로 취임하여 5년간을 시무권사로 지내며 교회와 성도들을 섬겼다. 다른 권사들과는 마음부터가 다른 것이 두 아들이 함께 목회하는 교회에서 권사로 임직을 받았기에 더욱 조심스러웠다. 적극적인 성격의 소유자로 무엇이든지 맡으면 확실하게 만들어 놓든지 아니면 뭔가 결판을 내야 하는데 혹시 아들들의 목회에 부담을 끼치는 일이 되지 않을까 해서 조용히 지내느라고 마음으로 애를 썼다. 소소한 이야기들이 여 성도들 사이에서 흘러나와도 '그렇게 생각할 수도 있지' 하며 침묵하고 참느라고 애를 썼다.

목회자의 어머니가 설치고 다닌다는 소리를 들을까 봐 조심하고 또 조심하고 있는데 이런 마음을 알지 못하는 교회의 열심 있는 권사들은 "왜 사모님, 아니 권사님께서 이렇게 조용히 지내시느냐?"며 투정부리면서 심방을 가자고 졸랐다. "전도사님까지 하신 권사님이시니 성도들 심방하여 기도해 주면 능력이 나타나고 성도들도 좋아할 터인데 왜? 조용히만 지내시느냐"는 것이다.

그러나 그것이 좋은 일이 될 수도 있고 또한 흠 잡히는 일이 될 수

어머니의 인생 승부수

도 있다. 교회는 정말로 많은 이야기들이 공존하는 곳이며 해석도 제각기 다르다. 그러기에 매사에 조심하고 신중하지 않으면 일을 크게 그르치게 된다. 아들들의 목회에 도움은 못 될망정 해를 끼쳐서는 안 된다는 것이 이정임 권사의 처세술이었다.

어떻게 보면 이 권사가 그동안 교회의 다양한 직책인 교사, 집사, 전도사, 목사 사모, 권사를 거치면서 가장 조심스럽고 조용하게 보낸 기간이라고 할 수 있다. 그렇다고 해서 아무 일도 안 하고 직무유기하며 지낸 것은 아니다. 앞 장에서도 언급했다시피 농촌교회의 중요한 과제이기도 한 노인목회의 상당 부분을 이정임 권사가 아들들을 대신해서 맡아주었다. 노인들의 소소한 필요와 불편함을 접수하고 또한 교회 안에서의 노인들의 올바른 처세를 가이드하면서 노인들과의 관계에 주력했다.

교회 노인들을 섬기고 있는 이정임 권사

노인 성도들이 먼저 목회자를 돕는 모델이 되어 어느 기관보다 더 먼저 선교활동에 앞장서는 모습도 보여줬다. 여자 노인들이 잘하니 남자 노인 그룹에서도 보조를 맞추어 잘 따라주었다. 절기 때마다 전철을 타고 서울로 올라가서 좋은 선물들을 회비로 구입하여 노인

들에게 공급하니 교회 안에서 노인들의 불만이 생길 수가 없었다. 교회에서 광고가 나오면 제일 먼저 반응하여 성경필사대회, 성경읽기릴레이, 불우이웃돕기에 앞장서는 것이 국수교회 노인들이었다.

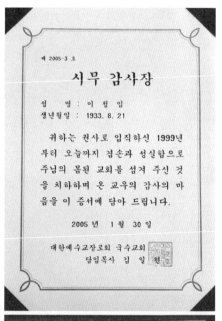

이렇게 교회 노인활동을 선도하는 것으로 국수교회 시무권사 직무를 5년간 조용히 마치고 2005년 1월 30일, 은퇴식을 가졌다. 이정임 권사는 '이것이 내 생애 교회로부터 받은 마지막 직분이었구나' 생각하니 아쉬운 마음도 들었다. '조금 더

은퇴 선물로 받은 시계가 지금까지!

어머니의 인생 승부수

젊었으면 더 많은 일을 했을 터인데'라는 마음도 있었다. 그러나 비록 시무권사 직책은 마쳤어도 그동안 소신을 가지고 해오던 노인목회만큼은 얼마든지 계속 진행할 수 있었다.

　권사의 일은 성도들을 돌보는 일이며 목회자를 적극적으로 보필하는 일이다. 교회의 여 성도들이 권사의 직을 명예롭게 여겨 임직하는 것을 바라지만 권사 직은 결코 교회 안의 계급 상승이나 명예직이 아니다. 권사 시무기간 봉사와 헌신으로 교회를 섬기다가 언제라도 하나님 앞에 설 때 부끄럼이 되지 않도록 하라는 것이 이정임 권사가 후배들에게 주는 마지막 당부이다.

　또한 같은 해 2005년 5월 26일 김종림 목사, 이정임 권사 내외는 결혼 50주년 금혼식을 맞아 모든 자녀 손들을 불러 기념사진을 찍고 하나님께 감사를 드렸다. 하지만 딸 혜경을 앞세웠기에 큰 잔치는 벌이지 않고 조용히 자녀들과 함께 감사예배로 대신했다.

결혼 50주년 금혼 감사로 온 가족 기념사진을 찍다

이즈음 각 처에서 제각기 활동하던 4형제 목사의 존재가 비로소 교단에 알려지면서 2006년 9월 22일 '대한예수교장로회 제91회 총회(통합)'가 열리는 행사에 4형제 목사가 특별 찬양순서를 맡게 되었다. 총회에 참석한 총대들은 우리 교단 안에 4형제 목사가 있다는 말에 많이 놀라고 부러워하면서 형제들을 축복해 주었다.

모두 장로회 신학대학 신학대학원 동문으로 78기(김일현, 김태현), 81기(김정현), 83기(김보현)이며 그날 이후, 4형제 목사는 교단의 주목을 받으며 또 하나의 화젯거리가 되었다.

대한예수교장로회 제91회 총회(서울명성교회) 2006. 9. 22.
아들 4형제 목사가 특별찬양을 하고 있다

어머니의 인생 승부수

남편의 소천,
장례 조문은 받지 마라

이정임 권사가 78세 되던 해인 2010년 11월, 남편 김종림 목사가 하나님께 부름을 받았다. 두 해 전, 집 주변 꽃밭 나무들을 정리하다 그만 뒤로 넘어져 고관절 골절이 생겼고 수술을 받고 재활치료를 시도하였으나 두 해 고생하며 끝내 일어서지 못하고 81세를 일기로 가족들에게 이별을 고했다. 큰아들 국수교회 김일현 목사의 인도로 임종예배를 마치고 장례 조문을 받기 위해 준비하려는 아들들에게 이정임 권사는 이렇게 당부했다.

"네 아들 모두 다 목회자로 부친이 돌아가셨다고 알려지면 성도들은 물론 여기저기에서 조문을 올 터인데 이것은 많은 사람들에게 민폐를 끼치는 일이다. 오늘과 내일은 집에서 가족들이 아버지의 시신을 모시도록 하고 장례 발인예배 시간만 알려드려, 그때 참석하는 분들과 함께 예배드리고 푸짐한 점심으로 오신 분들을 대접해 드리며 인사드리도록 하자!"

어머니의 특이한 발상에 '장례를 이렇게 치러도 되는 것인가?'하는 마음이 들었으나 네 아들이 목양하는 성도들에게 불편을 주지 않으

189

려는 어머니의 배려에 순종하여 오직 장례식 예배 준비에만 집중했다. 어머니의 마음에, 네 아들들과 며느리들이 조문객 맞이하는 일이 고생이 될 것이고, 또한 목회자이다 보니 조문해 주신 분들의 가정에 일이 생겼을 때 일일이 찾아가지 못할 것이 뻔한 일인데, 미안한 일만 생길 것이라고 생각하여 이렇게 하신 것이다.

조문을 받지 않는 것으로 결정한 후, 이틀 동안 가족들만 모여 발인예배를 준비했다. 조문을 받지 않는다는 소식을 듣고 많은 사람들이 "장례 집에서 조문을 안 받아?"라고 되물었다. 그러나 이러한 내용을 자세히 전해 듣지 못한 일부 사람들은 장례 집에 찾아와 '어디에서 조문을 해야 하는가?'묻는 경우가 몇 번은 있었다. 그러나 조의금도 받지 않는다는 말을 듣고 이런 장례 집은 처음 보았다고 하면서 내밀었던 봉투를 돌려받고 돌아갔다.

드디어 장례 발인예배를 드리는 날에 많은 조문 성도들과 목회자들이 장례예배 처소로 꾸며진 국수교회에 모여들었다. 네 아들들이 다 목사이다 보니 찾아온 조문객 대부분이 목사요 장로들이었다. 총회 서울노회 임원들이 예배순서를 맡아 진행하고, 이정임 권사의 손주 손녀들이 모두 악기를 들고 오케스트라를 이루어 반주를 했으며, 둘째 아들이 소속된 한국목사합창단원들이 '본향을 향하네' 특별 찬양을 했다.

예배당을 가득 메운 조문 성도와 목회자들은 특이하고 웅장한 장

어머니의 인생 승부수

례예식을 보며 큰 감동을 받았으며, 마을 주민 가운데 어떤 이는 장
례예배에 참석했다가 예수 믿기로 결심하고 국수교회 성도가 되었다.

장례예배를 진행하는 서울노회장

부군 김종림 목사의 장례예배에 참석한 조문객들

조의금을 받지 않는다는 말을 못 듣고 봉투를 준비해 온 사람들은 "정말 조의금을 받지 않느냐?"며 재차 물었다. 점심도 일반 장례 가정처럼 차리지 않고 뷔페식으로 준비하여 대접하니 '여기가 장례집인지 잔칫집인지 모르겠다'고 하면서 '참 행복한 장례식에 참석했다'라고 입을 모았다.

이정임 권사의 독특한 생각과 결단에는 전통적인 틀을 벗어나 가장 효율적이면서도 모두에게 편리한 방법을 찾아가는 크리스천 노인의 참 지혜가 담겨 있었다. 이정임 권사도 '남편이 팔십 평생을 살면서 교회의 장로와 목사로 살았으니 그만하면 명예롭게 수를 누렸다'는 마음이 들어 아내 된 입장에서 위로가 되어 하나님께 감사를 돌려 드렸다.

어머니의 인생 승부수

아들 네 목사 중,
둘은 선교사로

남편이 세상을 떠나고 두 해가 지난 2012년, 나이 팔십이 되니 네 아들 중 두 아들이 외국에 선교사로 나간다고 했다. 둘째 아들 태현 목사는 양평지역교회연합 선교회 파송으로 필리핀 현지인 목회를 위해서, 그리고 막내아들 보현 목사는 영국교회의 초청으로 한인교회 목회를 위해서 떠난다고 했다.

얼마 전 남편이 곁을 떠난 것도 허전한데 이제는 두 아들도 어미의 곁을 떠난다고 하니 마음이 허전하기 이를 데 없었다. 선교사로 나가는 일은 영광스러운 일이나 '내 나이 이제 팔십인데 두 아들이 외국에 선교사로 떠나면 앞으로 몇 번이나 얼굴을 볼 수 있을까?''아들들이 돌아오기 전에 내가 하늘나라로 먼저 갈 수도 있지 않을까?'라는 생각이 앞서니 쓸쓸하고 안타까운 마음이 들었다.

"국수교회에서 장남과 차남 형제 목사가 15년간 함께 목회를 하면서 아름답고 귀한 신앙공동체를 만들어가는 모습에 기뻐하며 지냈는데…, 또한 셋째 아들도 동두천의 큰 교회를 담임하며 목회를 잘하고 막내도 한국기독공보사에서 오랜 세월을 지내며 중직을 맡아 일해

193

왔는데…, 왜 아들들을 이렇게 갑작스럽게 먼 세상으로 흩으시는가?"

이정임 권사는 하나님께 물었다.

하나님께서 답하셨다.

"네 평생에 받은 복이 크니 이제는 그 받은 복을 세상 사람들에게 나누어야 하지 않겠는가? 그 어떤 가정보다 큰 하늘의 복을 받았으니 그 복이 한 곳에 쌓여 있기보다는 널리 나누는 것이 더 좋은 일이 아니겠는가?"

하나님 말씀을 듣고 보니 두 아들은 그동안 자신이 누렸던 복을 이제 다른 세상 사람들에게 나누어주기 위해 떠나는 것이라는 마음이 들어 큰 위로가 되었다.

실제로 그러했다. 선교지로 나간 아들들이 보내오는 선교소식을 보며 이정임 권사는 이것이 과연 하나님께서 자신의 아들들을 통해 하

아들 내외와 함께 필리핀 선교지를 방문하여 격려함

어머니의 인생 승부수

필리핀 제자들의 한국순회공연 (주안장로교회, 2015년)

시는 일이라는 것을 깨달았다. 필리핀에서 몹시도 가난한 아이들을 제자로 키워 필리핀 전국대회에 나가 최우수 1등을 하고, 한국에 들어와 순회공연을 하는 모습을 보니 더욱 그러했다. 그리고 영국의 유학생들과 한인들을 위해 온갖 심부름을 하며 그들을 돕고 먹이고 있다는 막내아들 부부의 이야기를 전해 들으니 과연 하나님은 자신의 아들들이 가지고 있는 재능과 따뜻한 마음을 쓰고 계시다는 것을 알게 되었다.

더군다나 맏아들은 국수교회에서 동생들의 선교활동을 지원하고 있고, 셋째 아들은 동두천 동성교회에서 형과 아우의 선교 현장을 후원하고 있으니, '이 또한 놀라운 하나님의 계획이셨구나'하는 것을 깨닫게 되었다.

'이제는 선교지에서 오는 선교소식을 읽고 하나님께 엎드려 기도하는 것이 이 늙은 어미에게 주신 마지막 사명이구나'하는 마음으로,

한국에서 목회하는 두 아들과 영국과 필리핀에 나가 선교하는 두 아들을 위해 이정임 권사는 쉼 없이 하나님께 간구했다.

아들 내외와 함께 막내의 선교지 영국 브리스톨 방문

형들이 강사가 되어 신앙세미나를 진행하고 있다(2015년, 영국)

Part 7

자녀들을
축복하다

디모데후서 4장 7절

나는 선한 싸움을 싸우고

나의 달려갈 길을 마치고 믿음을 지켰으니

이제 후로는 나를 위하여 의의 면류관이 예비되었으므로

주 곧 의로우신 재판장이 그 날에 내게 주실 것이며

내게만 아니라 주의 나타나심을

사모하는 모든 자에게도니라.

성경 필사를 시작하다

이정임 권사의 전 생애는 성경과 함께 울고 웃어 온 삶이다. 어린 시절에는 아버지가 목회하실 때 일본헌병들이 성경을 거두어 가서 먹줄을 쳐 온 것을 들여다보며 자랐다. 공산치하에 있을 때는 성경을 가지고 있는 그 자체만으로도 요주의 인물이 되기 때문에 언제나 성경 지참하는 것을 조심스럽게 해야만 했다. 남쪽으로 내려와서는 자유로운 성경 소지가 너무나도 감사하고 고마워 성경을 대하는 것이 그렇게 소중하고 기쁠 수가 없었다.

그녀의 첫 일터는 가난하고 어려운 청소년들에게 교회가 공부를 가르치기 위해 세운 성경구락부에서 성경을 가르치는 일이었다. 또한 성경암기 실력이 뛰어났던 그녀는 결혼 후에 있었던 대한예수교 장로회 경기노회 여전도회연합회 주관 성경 암송대회에서 아기를 등에 업고 출전하여 전

노회주관 성경암송대회 우승 표창장

체 결선대회에서 우승하는 실력을 발휘했다.

　그녀에게는 성경을 읽고 암송할 때마다 성경이 주는 감동이 날마다 새로웠다. 자녀들에게도 부지런히 성경을 읽히고 성경에 대한 지식을 가지라고 부단히도 강조했다. 그래서 자녀들이 모두 성경을 가르치고 전하는 목회자들이 되었다.

　이제 그가 도전해 보고 싶은 것은 성경 필사였다. 글씨체가 좋다는 소리를 여러 번 들은 이정임 권사는 이제 인생 마지막에 성경을 필사하여 그것을 자식들에게 남기고 싶었다. 신구약 성경 전체를 다 못 쓰더라도 신약성경만이라도 만들어보고 싶었다. 그러면 그 어떤 유산이나 유물보다도 자녀들이 그것을 귀히 여길 것이라는 마음이 들었다. 80세 나이에 쉽지 않은 일이지만 마태복음 1장부터 한 글자 한 글자 정성을 다해 써 나가기 시작했다.

　자녀들이 성경을 보물처럼 귀히 여기고 또한 성경에 있는 말씀들을 자손들에게 잘 가르쳐 주기를 기원했다. 시대가 바뀌어 디지털 시대에 컴퓨터나 스마트폰 안에 성경이 수십 권 저장되어 있어서 얼마든지 찾고 읽을 수 있다. 물자 또한 풍부해서 취향껏 종류대로 성경을 구입하고 가질 수도 있다.
　하지만 어머니가 남겨 준 아날로그 손 글씨 성경을 보며 우리 가정을 지켜 준 성경의 힘과 그 위력을 잃지 않기를 기원하는 마음으로 정성을 다해 써내려갔다.

신약성경 필사본이 완성되고 인쇄소에 보내 여러 권 복사하고 제본을 하여 아들들 가정에 하나씩 나누어 주었다. 어머니께서 세상을 떠나시면 오래 쓰시던 성경책은 아마도 큰 며느리의 차지가 될 것이다. 그러나 어머니께서 손으로 직접 쓰신 성경이 모든 아들들의 가정에 남아 있어 소중한 유산이 될 것이라 믿는다.

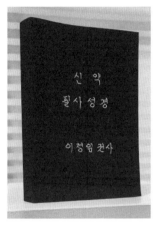

이정임 권사의 성경 필사본

국수교회 필사성경전시회에 출품된 이정임 권사의 필사본

인류 역사 가운데 성경만큼 위대한 교육 지침서가 있을까? 성경으로 교육받은 사람만큼 올바른 생각과 판단력을 가질 수 있을까? 이 땅의 모든 어머니들이 성경의 위대함을 깨닫고 하나님 말씀으로 자녀들을 양육해 주기를 기원할 뿐이다. 성경 교육은 우리의 자녀들을 지키고 가정을 지키고 하나님의 교회를 지키는 일이기 때문이다.

팔십이 넘어 시작한
인생 정리

남편이 세상을 떠나고 보니 사람이 곁에 있고 없는 것이 이렇게 다르구나, 하는 것을 실감하게 되었다. 인생은 영원할 수 없는 것, 남편도 아들들도 그리고 딸도 이런저런 이유로 곁을 떠나니 자신도 언젠가는 이곳을 떠나게 될 것이라는 마음에 '내가 떠나기 전에 모든 것을 깔끔하게 정리해 주어 후에라도 아들과 며느리들에게 불편함을 끼치지 말자'고 생각했다.

그녀는 그동안 입고 지내던 모든 옷가지를 하나하나 정리하여 옷장에 간단하게 남기고 집안의 물건들도 꼭 필요한 것들만 남겨두고 모두 남을 주거나 버렸다. 그리고는 사진관에 가서 영정사진으로 쓸 사진을 찍어 액자로 만들어 두고, 장의사를 찾아가 고운 수의를 한 벌 사고 납골함에 이름도 새겨 미리 만들어 모셔 두었다. 그리고 중요한 서류와 증명서들도 자녀들이 찾기 쉽도록 서랍에 잘 정리해 두었다.

그리고 환갑 때부터 20년간 모이고 이끌어오던 철원사범학교 동창 모임도 이제는 중단하자고 선언했다. 왜냐하면 앞으로 오가는 소식은 이제 뻔한 소식이고 오랜 친구들의 이별 소식은 더욱 모임의 분위기를 무겁게 만들 것이고, 팔십이 넘은 사람들이 모임에 오고 가다가 자그마한 사고라도 생기면 자녀들에게 불편함을 끼치고 모임이 욕되는 일이 되기 때문이다.

이정임 권사가 자신의 사후를 위해 미리 준비해 놓은 물건들

삶을 정리하는 데 있어 가장 중요한 것은 자식들에게 무언가 남기는 교훈인데, 아들들이 모두 목사이고 며느리들이 사모이니 신앙적인 조언은 손글씨 성경을 자녀들에게 전달하는 것으로 그 의미를 이해할 것으로 믿었다. 따라서 무엇보다 형제우애를 지키라는 것과 자

어머니의 인생 승부수

신에게 주어진 목회지와 일터에서 최선을 다하라는 말밖에는 생각나지 않았다.

이정임 권사는 자신의 증명서들과 함께 간단히 손글씨로 쓴 마지막 부탁의 말을 정리하여 고이 간직해 두었다.

정리하기를 좋아하는 둘째 아들이 필리핀에서 잠시 귀국하여 어머니와 함께 거주하면서 방의 물건들을 정리하는 중에 어머니가 준비해 놓으신 물건들을 찾아냈다. 어머니에게 "이것들이 무엇이냐?"고 여쭤보다가 그리하셨다는 말씀에 가슴이 뭉클했다.

정말로 어머니께서는 당장 세상을 떠나도 단 한 시간이면 사시던 집을 정리할 수 있도록 간단하게 만들어 놓으셨다. 평소에는 물론이요, 세상을 떠나서도 자식들에게 불편을 끼치지 않으려는 어머니의 깔끔한 성격에 자신의 사후에 벌어질 일까지 생각하여 이렇게까지 하신 것이다. 언제 닥칠지 모르는 자신의 마지막 순간까지 정갈하게 준비하시는 어머니의 완벽함에 모든 아들 며느리와 자녀 손들은 감탄할 수밖에 없었다.

이만큼 살았으면 되었다

'두 아들은 한국에서 목회를 잘하고 있고 또한 두 아들은 해외에서 선교사 생활을 잘하고 있으니 이만하면 하나님께서 내게 맡겨주신 사명을 다 이루어 드린 것이 아닌가?'

이정임 권사의 마음에 이러한 생각이 들었다. 또한 '이제 내 나이 팔십육 세! 친정아버지도 팔십육 세에 돌아가셨는데 나도 이만큼 살았으면 되었다.' 이렇게 마음먹으니 왠지 삶의 의욕이 사라졌다.

"이만하면 족하오니 올해 나를 데려가시옵소서!"

새벽 제단에 엎드려 하나님께 기도를 드렸다. 어찌 보면 이정임의 생애에 2018년만큼 삶의 활기를 크게 잃은 해도 없었을 것이다. 곁에 사람이 없이 혼자 지낸다는 것이 이렇듯 여러 가지 많은 생각을 만들어 내는 것이다. 남편이 곁을 떠난 지 벌써 7년째이다. 그렇게 의지가 강했던 이정임 권사도 이와 같은 생각이 드는 것을 보면 사람이 혼자 지낸다는 것이 참 두렵고 무서운 일이다.

하나님께 이렇게 기도를 드리고 하늘의 소망을 마음에 품어 보았지만 하나님은 그녀를 데려가지 않으셨다. 그리고 2019년 새해 송구

영신예배를 드리는데 교회에서 성도들에게 좋은 축복의 성구 한 절이 담긴 카드를 선물로 제각기 나누어 주었다. 그런데 이정임 권사에게 온 성경 말씀은 이사야 40장 31절 말씀 "오직 여호와를 앙망하는 자는 새 힘을 얻으리니 독수리가 날개 치며 올라감 같을 것이요 달음박질하여도 곤비하지 아니하겠고 걸어가도 피곤하지 아니하리로다"이었다.

이정임 권사는 이 성구를 읽어 내려가는 동안 '아! 내가 여호와 하나님을 앙망하지 않고 늙어가는 나 자신과 내 연약한 모습을 바라보며 스스로 약해져 있었구나!' 깨닫고 하나님께 회개했다. 그리고 여호와를 앙망하는 자에게 새 힘을 주실 것이고 독수리 날개 치며 올라감 같이 자신을 강하게 하실 것이라는 믿음을 가졌다.

그리고는 지난해처럼 스스로 슬럼프에 빠져 아까운 하루하루를 허전한 감정으로 보내지 않으리라고 마음먹었다. 그런데 이게 웬일인가? 필리핀에 나가서 선교활동을 잘하고 있던 둘째 아들이 봄에 건강 검진을 받으러 한국에 나왔다가 그만 전립선암 판정을 받은 것이다. 그것도 수술의 단계를 지나 임파선으로 그리고 뼈로 전이가 되어 있는 상태였다. 방사선을 쏘이고 호르몬 주사를 맞으며 내외가 필리핀으로 오가는데 늙은 어미가 해줄 수 있는 것이라곤 기도밖에 없었다.

'내가 아들들을 기도로 키웠고, 기도로 그들을 지켜왔는데 지금이

야말로 아들을 위해 기도해야 할 때가 아닌가?'

이런 마음으로 낙담하지 아니하고 하나님께 나아갔다. '외동딸 혜경을 십수 년 전 위암으로 먼저 하나님 나라로 보냈는데 둘째 아들마저 나 보다 앞세울 수는 없다'는 마음으로 하나님께 날마다 기도했다. 기도를 하고 나면 마음에 확신이 생겨 필리핀의 아들에게 전화하여 "하나님이 너를 틀림없이 살려주실 것이다"라며 격려했다. 아들이 한국에 나와서 검사를 받을 때마다 하나님께 기도하면 하나님은 그녀를 위로하시며 마음에 담대함을 주셨다.

지금 이 글을 쓰고 있는 필자는 바로 그 둘째 아들로서 '암이 몸 안 여러 곳에 퍼져 있긴 하지만 능력 있는 어머니의 기도가 그 암세포를 꼼짝 못 하도록 붙잡아주고 있다'고 믿으며 정말 감사하게도 검사 결과 때마다 암 환자로서는 가장 좋은 수치라는 결과를 들으며 필리핀으로 다시 돌아가곤 하고 있다.

이렇게 2019년 한 해가 지나가고 또다시 2020년 새해를 맞이했다. 이정임 권사가 하나님께 기도를 하는데 올해 자신의 나이가 팔십팔 세라는 것을 깨달으며 올해는 팔십팔 세 '팔팔'한 인생을 살아야겠다는 마음으로 새 힘을 얻었다. 이정임 권사는 여전히 자신이 약해지지 않기 위해서 본인 스스로를 채찍질하며 자신을 세워가고 있다.

기독교 TV에
네 아들이 출연하다

　2020년 초부터 중국에서 퍼지기 시작한 코로나 전염병이 전 세계에 확산함으로써 일상의 모든 생활이 어려워지고 하던 일들도 많은 부분에서 중단될 수밖에 없었다. 매 주일 의례적으로 드리던 예배마저도 규제를 받아 인원수 제한을 하니 교회 목회에 막대한 지장이 되고 해외에 있던 선교사들이 국내로 대거 귀환하는 상황이 벌어졌다. 또한 일단 국내에 들어온 선교사들은 하늘길이 막혀 선교지로 다시 나가지 못하게 되었다. 그러나 이러한 결과로 이정임 권사의 네 아들 목사가 모처럼 8년 만에 한국에서 한자리에 모일 수 있게 되었다.

　둘째 아들(김태현 선교사)이 필리핀에서 잠시 들어오면 막내아들(김보현 선교사)이 못 들어오고, 또 반대로 막내가 들어오면 둘째가 못 들어오니, 그렇게 8년 동안을 한자리에 모일 수 없었다. 그런데 코로나로 인해 두 아들이 다 귀국을 하게 되니 모처럼 함께 모일 수 있게 된 것이다.

　그동안 이정임 권사는 하나님의 일을 하는 아들들이라 말은 못했어도 명절이 되면 모든 형제가 다 모이지 못하고 늘 반쪽짜리 같은 모임을 하는 것이 서운했는데 2020년에 아들들이 다 함께 모이니 마음이 흐뭇하고 기쁘기 한량없었다. 이런 기회가 언제 다시 오게 될지 모르니 기념사진을 만들어보자고 하여 양평읍의 사진관에 가서 4형제 부부와 함께 행복한 모습으로 멋진 사진 액자를 만들어 가정마다 걸었다.

거기다가 기독교 CTS-TV '내가 매일 기쁘게' 프로그램에서 4형제 목사의 출연 요청이 들어오니 어머니로서는 너무나도 기쁘고 감사했다. 드디어 2020년 8월 18일 서울 노량진의 CTS 사옥에서 2회 방송

코로나로 인해 모처럼 모인 아들 4형제 부부와 함께(2020년 5월)

어머니의 인생 승부수

분 연속 녹화가 있었다. 타이틀은 '4형제 목사를 만든 어머니의 기도'였다. 타이틀로 보면 당연히 어머니 이정임 권사가 주인공이지만 아들 4형제가 성장하면서 그 어머니에 대해 경험한 것을 각각 증언해 달라는 것이 방송국의 취지였다.

이는 '한국교회의 미래를 생각하는 CTS 방송국의 기획'으로 4형제를 키워 목회자를 만든 어머니처럼, 오늘날의 부모들도 신앙으로 자녀들을 키워야 한다는 교훈을 주기 위해 특별 제작된 것이었다.

4형제가 돌아가며 어머니에 대한 옛날 기억들을 말하고 어머니로부터 받은 신앙적 교훈과 가르침을 어떻게 삶으로 혹은 목회와 선교현장에서 실천하고 있는가를 설명했다. 그런데 프로그램을 진행하던 사회자가 4형제 목사가 모두 음악적 재능이 있다는 정보를 듣고 즉석에서 4중창 찬양을 부탁했다. 4형제는 사전에 아무런 연습도 없이 어린 시절 중창으로 불렀던 '하나님의 자녀들'을 화음에 맞추어 불렀다.

그런데 이게 웬일인가? 녹화 장면을 사장실에 앉아 모니터하던 CTS 사장님이 녹화 현장으로 달려 내려왔다. 아름다운 화음에 끌려 내려왔다면서 형제들의 찬양을 CTS 찬양 프로그램의 홍보 영상으로 내보내면 좋겠다고 했다. 이런 감사하고 영광스러운 일이 있을까? 4형제는 그 어떤 콘테스트에서 받은 상보다 더 큰 상을 받은 것 같았다.

이 모든 일들은 어린 시절 부모님과 함께 가정에서 함께 노래를 부르고 가족중창대회에 참가하면서 형제가 늘 화음을 맞추던 오랜 세

CTS-TV '내가 매일 기쁘게' 출연하여 어머니에 대해 증언하고 있다.

이어 2회 방송은 4형제 아들 목사들의 목회스토리가 전개되었다.
(사진의 제목으로 유튜브 CTS-TV 채널에서 시청하실 수 있습니다.)

어머니의 인생 승부수

월이 있었기에 가능한 일이었다. 이정임 권사는 아들들이 찬양할 때마다 늘 옆에서 엘토로 화음을 맞추곤 했었다.

　이제는 아들들의 나이가 모두 60대, 막내 목사마저 60세가 되었다. 모두들 목소리들이 조금씩 흔들려 완벽한 화음을 만들어 내기가 쉽지 않다. 또한 90세가 되신 어머니는 이제 중창에 들어오시지는 않는다. 그래도 마음은 언제나 아들들과 화음을 맞추고 싶으신 모양이다. 과거에 아들들이 각각 다 기독교 TV에 출연한 경험이 있지만 이렇게 4형제가 다 함께 CTS-TV에 출연한 것은 그때가 처음이었다.

어머니의 기도 덕분으로

코로나바이러스로 인해 매우 갑갑하고 조심스러운 생활이 1년 이상 지나가고 있었다. 연말연시, 그리고 새해 명절, 설 명절에도 모두 모이지 말아 달라는 정부의 통제 방송이 계속 이어졌다. 이렇게 2021년을 맞이했고 4형제 가족들도 다 함께 모이기가 매우 조심스러웠다. 이정임 권사의 연세가 89세, 한 해 한 해가 새로운데 방역당국이 다수의 모임을 엄하게 통제하고 있어 모든 자녀 손들이 한자리에 함께할 수 없었다.

필리핀에서 귀국한 둘째 아들 김태현 선교사 부부는 일 년 동안 선교지로 돌아가지 못하고 있고, 영국에서 귀국한 막내 김보현 선교사의 네 식구 역시 한국에 머무르며 임시로 마련한 불편한 숙소에서 하루하루를 지내고 있었다. 내일의 상황이 어떻게 전개될지 아무도 몰랐다. 국수교회 담임목사인 맏아들 김일현 목사와 동두천 동성교회 담임 셋째 김정현 목사 역시 목회 상황이 불투명하여 앞으로의 목회를 어떻게 이끌어가야 할지 많은 고민이 앞섰다.

이러한 상황에서 이정임 권사는 아들들의 목회지와 선교지를 위

어머니의 인생 승부수

해 하루도 쉬지 않고 기도를 이어갔다. 아무리 어려운 상황이 전개되더라도 하나님께는 해답이 있을 것이라는 확신이 그녀에게 있기 때문이다.

그동안 이러한 어머니의 기도 덕분에 네 형제 모두 각각 자신에게 주어진 사역 현장에서 하나님께서 주신 목회와 선교 아이디어에 따라 특색 있는 사역을 보여주고 있었다.

맏아들 김일현 목사는 1988년 국수교회에 부임하여 농촌의 국수교회를 문화선교와 지역선교의 독특한 모델로 만들었다. 그래서 이 교회는 총회와 각 기독교 신문사, 잡지사의 단골 취재 교회가 되었다.

둘째 아들 김태현 선교사는 2012년에 필리핀에 파송된 이후, 한해 12명씩 제자를 뽑아 현재 8기생까지 96명의 정예화된 제자를 양육하고 있어 제자양육선교의 좋은 모델로 한국교회에 제시되고 있다.

셋째 아들 김정현 목사는 동두천 동성교회에 2002년 부임하여 2백여 명의 교인을 2천여 명으로 부흥시켰으며, 특히 청년 목회의 특별한 모델로 한국교회에 알려지게 되었다.

마지막으로 넷째 아들 김보현 선교사는 교단 신문사인 한국기독공보사 기자로 22년간 근무하다가 2013년 영국 개혁교회 초청으로 브리스톨에서 한인 목회를 하며 국제적 역량을 키웠고 대한예수교장로회 총회 사무총장 물망에 오르며 교계의 주목을 받고 있었다.

이렇게 아들들이 하나님께서 주신 재능과 은사를 따라 30~40년간 주어진 목회지와 사역지에서 건강하게 사역할 수 있었던 것은 먼저는 하나님의 은혜요, 또한 어머니 이정임 권사의 기도의 힘이었다. 비록 코로나 시대가 도래하여 한국교회의 미래가 불투명하고 선교지의 상황이 어려워지고 있으나 네 아들들이 이 모든 어려움들을 극복하며 교계에서 눈부신 활동을 할 수 있었던 것은 누가 뭐라 해도 어머니 이정임 권사의 기도 덕분이다. 하루도 자녀들을 위한 기도를 빼놓을 수 없는 어머니이기에 그녀는 오늘도 변함없이 제단에 엎드리고 있다.

그러던 중, 2021년 8월, 89세의 생일을 맞이하는 이정임 권사에게 하나님께서는 놀라운 선물을 주셨다. 영국 브리스톨 선교사로 코로나 사태를 피하여 잠시 귀국한 김보현 목사를 총회 임원회가 4년 임기 사무총장으로 추천하여 선출한 것이다. 그리고 한 달 뒤인 9월에 개최된 '대한예수교장로회 106회 총회'에서 넷째 막내아들 김보현 목사가 사무총장 인준을 받아 교계의 중직을 맡게 되고, 셋째 아들 김정현 목사는 총회 세계선교부장으로 선출되었다. 물론 위의 두 형들도 앞에서 밝힌 대로 각각 교계와 선교사 사회에서 자신의 역할을 충분히 감당하고 있다.

이 모든 일들은 그동안 각자가 교계로부터 신망을 얻고 주어진 사역지에서 최선을 다한 결과이겠지만, 그보다도 더 큰 배경과 힘은 오랜 세월 아들들을 위해 제단에 엎드리셨던 어머니의 기도 덕분이었다. 이렇게 쉼 없이 기도해 주신 어머니께 이런 큰 선물을 드릴 수 있다는 것은 정말 큰 기쁨이며 감사이다.

어머니의 인생 승부수

장남 김일현 목사(양평국수교회) 지역 문화선교 모델교회

차남 김태현 선교사(필리핀) 제자양육, 문화선교 모델

삼남 김정현 목사(동두천 동성교회), 현 총회세계선교부장(106회기)

사남 김보현 목사(전 영국선교사), 현 총회 사무총장

내 몸이 불편해진다면

지난 90년 세월, 이정임 권사는 하나님의 은혜로 매우 건강하게 지내올 수 있었다. 지금도 주변 노인들이 온갖 비타민과 영양제, 당뇨, 혈압약을 수시로 복용하고 있지만 이정임 권사는 그 어떤 보조식품이나 영양제도 먹는 것이 없다. 정말 하나님의 은혜로 다른 사람들보다 건강하게 오랜 세월을 지내왔다. 하지만 이제 나이 90세가 가까워져 오니 걷는 것도 숨이 차고 허리도 많이 구부러지고 다리에 힘도 약해졌다. 그리고 이정임 권사에게도 언젠가는 자신의 힘으로 몸을 지탱할 수 없는 날이 찾아오게 될 것이다.

"이러한 날이 언젠가 내게 찾아온다면 너희는 아쉬워하지 말고 나를 노인들을 돌보는 요양원으로 보내 주기 바란다. 아니 어쩌면 나는 그러한 때가 온 것을 알고 스스로 가게 될지도 모른다. 이러할 때 어느 누구도 이 어미의 결정을 막아서지 않기를 바란다. 나는 몸이 불편한 노인이 되어도 어떤 곳에서든지 할 일이 있는 사람이다. 내 주변에 있는 노인들, 그들에게 천국의 소망을 심어줘야 하기 때문이다. 언제나 그랬듯이 내게는 하나님의 나라를 위해서 일해야 하는 사명이 따라다녔다. 내가 요양원에 들어간다면 아마 나는 건강이 남아 있는 대로 노인 친구들에게 예수님을 전할 것이며, 함께 천국으로 가는 동행자들을 만들 것이다. 나는 늙은 부모를 돌봐드릴 수 없는 상황이면서도 요양원으로 못 모시고 눈치만 보는 자녀들을 많이 보아왔다. 너희들은 모두 목회를 하고 있는 사람이니 몸 불편한 어미로 인해 마음 쓰며 목회에 지장을 주는 일이 없게 해라. 부모가 가기 싫어하는데 자녀들이 억지로 요양원으로 보낸다고 하면 불효가되지만, 이러한 일이 벌어지기 전에 스스로 노인들이 먼저 요양원 선택을 하는 것이 자녀들을 불효자로 만들지 않는 현명한 처신이기 때문이다."

보험공단에 찾아가 만든 증명서

또한 이정임 권사는 얼마 전부터 아들과 며느리들이 함께 모이면 이렇게 거듭 강조했다.

"나는 스스로 국민건강보험공단에 찾아가 생명연장 의료행위를 포기하는 각서를 썼다. 너희들도 내 뜻에 따라 단지 생명만 연장시키는 어리석은 일은 하지 않도록 해라. 나는 침대에 누워 아무 의식도 없이 의미 없는 시간을 보내고 싶지는 않다. 나는 하나님을 믿고 예수님을 구주로 영접하고 살아왔으니 내 숨이 멈춰지면 내 영혼은 하나님 나라로 갈 것이고 주님께서 나를 영접해 주실 줄로 확신한다. 그러니 너희들도 나의 생의 마지막을 편안하고 더욱 영광스럽게 만들어 주길 바란다."

한국 사람들 중에는 죽음에 관한 이야기를 꺼내는 것을 금기시하는 사람이 많이 있지만 이정임 권사는 앞으로 반드시 다가오는 죽음에 대한 준비를 모두 마치고 그저 담담한 마음으로 하루하루를 하나님의 은혜라 여기며 지내고 있다. 그녀에게 있어서 죽음이란, 단지 인생에게 찾아오는 한 과정이라는 생각이다. 지금 그녀의 나이 90세가 되었으나 감사하게도 이정임 권사는 매우 건강한 정신과 신체를 가지고 있어서 현재 노인 일자리 활동에도 무리 없이 참여하고 있다. 그러나 언젠가는 반드시 다가올 미래를 담대한 마음으로 준비하는 멋진 모습을 모범적으로 보여주고 있다.

성경을 읽는 노년의 이정임 권사

어머니의 인생 승부수

내 장례식에서
이 합창을 불러 달라

2022년, 이정임 권사의 나이 90세가 되었다. 아무리 백세 시대라고는 하지만 한 해 한 해 늙어가는 자신의 몸이 앞날을 장담할 수 없게 한다. 남편 김종림 목사도 당뇨와 고혈압약을 먹고는 있었지만, 그는 이런 만성질환 때문에 세상을 떠난 것이 아니다. 도리어 작은 꽃밭을 정리하다 뒤로 넘어져 고관절 수술을 받았으나 종래 침대에서 일어나지 못하고 가족과 이별했다.

노인의 앞날은 어떻게 될지 모르는 것이요, 언제 갑자기 내 몸에 이상이 찾아올지 모르는 일이다. 그러나 확실한 것은 머지않은 장래에 우리 하나님께서 그녀를 부르실 것이라는 점이다. 감사하게도 그녀는 '예수 그리스도의 십자가 은혜로 죄 사함 받아 하나님 나라 백성이 되었고 언젠가 세상을 떠나도 주님의 약속하시고 예비하신 나라로 나를 데려가실 것이다(요 14장 1절~6절)'라는 확고한 믿음을 갖고 있다.

이러한 믿음을 가진 사람이 아버지 계신 천국으로 가는 환송식인데 슬픔으로만 가득 찬 장례식이 되어야 하겠는가? 그래서 이정임 권사는 과거 남편의 장례식장을 슬픔 대신 오히려 잔치하는 행사장으로 만들었었다. 하나님 나라 본향으로 이사 가는 성도를 환송하는 멋진 날에 그에 걸맞은 순서와 음악이 있어야 한다고 늘 말해왔다.

이정임 권사는 아주 오래전, 이화여자대학 총장이었던 우리 민족의 여성 지도자 김활란 박사의 장례식에서 매우 큰 감동을 받은 적이 있었다. "나의 장례식장에서는 장송곡 대신 승리의 합창을 불러 달라"는 고인의 유언에 따라 장례식장(1970년 2월 21일/이화여자대학 강당)에서 개선행진곡과 헨델의 메시야 중 '할렐루야' 합창이 연주되어 믿음의 사람이 세상을 떠난다는 참된 의미를 환기시켜 준 매우 유명한 사건이다.

이것을 오래 마음에 품고 살아온 이정임 권사는 어느 주일날 예배를 마치고 돌아와 아들들에게 이렇게 부탁을 했다.

"내가 죽으면 장례식장에서 오늘 성가대가 불렀던 '아름답다 저 동산(원제목: 주의 동산으로)' 그 찬양을 불러주면 좋겠다."

아마도 당일 주일예배에서 아들이 지휘하는 성가합창을 들으며 저 멋진 합창과 함께 주님이 예비해 두신 동산, 그 아름다운 동산으로 가면 좋겠다는 생각을 하신 모양이다.

비록 김활란 박사의 크기에는 미치지 못한다 할지라도 하나님의 은혜로 예수 그리스도의 속죄의 은총을 입고 주님의 자녀가 된 것은 동일한 것이다. 속죄받은 죄인으로서 하나님 앞에서 감히 자신의 세

어머니의 인생 승부수

상 업적을 내세우는 것이 얼마나 어리석은 일인가? 단지 인생의 숱한 어려움 가운데도 그분에 대한 믿음을 놓지 않고 살아온 것과 그분을 위해 최선을 다한 삶이 자랑스러울 뿐이다.

무엇보다 하나님이 맡기신 다섯 자녀들을 모두 하나님의 사람으로 만들어 그를 섬기는 종으로 키워 냈으니 하나님께서 그녀를 만나면 칭찬하며 위로해 주실 것이고, 또한 그녀를 위해 예비해 놓으신 그 아름다운 동산으로 인도해 주실 것이라는 확고한 믿음을 이정임 권사는 가지고 있다. [아멘]

주의 동산으로

아름답다 저 동산 우리 다 같이 가보세

무궁세월 흐르는 풍파가 일지 않는 곳

평화의 동산 백합화 피고 공기는 신선

아 저 아름다운 저 동산

저 아름다운 저 기묘한 음악 천군 천사 화답 함이라

주님의 동산 아름다운 산

우리의 집은 아름답고 좋도다

영원무궁 변함없는 우리들의 집이라

평화의 동산 고요한 미풍

천사의 노래 곱게 곱게 들린다

사면으로 사면으로 이리저리 퍼진다

아름다운 곳 주의 동산 맑고도 화려한 동산에

천사의 노래 아름답게 들린다

화려한 곳으로 백합화 피는 곳

주님의 동산에 주님이 계신 곳

평화의 동산

글을 마치면서

2022년 8월 21일은 어머니 이정임 권사가 90세 생일을 맞이하는 날이다. 이 책은 어머니의 90세 생신이 되는 날을 기념하여 발간할 목적으로 필리핀 선교지에서 어머니와 화상 인터뷰를 진행하면서 조금씩 만들어 나갔다. 어린 시절부터 간간이 들어온 어머니의 이야기였지만 새삼 글을 정리하면서 어머니의 깊은 신앙을 다시 마음으로 새기는 기회가 되었다.

이 책을 기록한 목적은 이미 서두에서도 밝혔다시피 어려운 시기를 겪으며 오직 신앙으로 살아오신 어머니의 불굴의 믿음과, 아들들을 하나님의 종으로 세우고 그 뒤에서 끊임없이 기도해 오신 어머니의 위대함을 기록으로 남겨 한국교회의 많은 어머니들에게 신앙적인 도전을 드리기 위함이다. 그리고 자라나는 다음 세대들에게도 이 이

227

야기는 신앙의 좋은 유산이 될 수 있을 것이라고 확신한다.

현대의 젊은 어머니들은 매우 현명하고 지혜로워 옛날의 부모들이 따라갈 수 없을 만큼 많은 정보와 지식을 가지고 있다. 그들은 자녀 교육에 대해 아는 것이 너무나도 많다. 나름대로의 교육 철학을 가지고 있고 그들이 아는 방식대로 자녀들을 양육하고 있다. 하지만 이러한 유능함이 여호와를 경외하는 것으로부터 오는 참지식을 뛰어넘을 수는 없다(잠 1:7).

인간들은 유능해질수록 하나님을 의지하려 하지 않고 또한 그에게 도움을 구하는 기도를 경시한다. 무엇이 진정으로 가정을 세우는 힘이며 다음 세대에게 물려주어야 할 유산인지 우리 다음 세대들, 특히 어린 자녀들을 기르고 양육하는 부모들의 인식이 필요한 때이다.

가정을 세우고 자녀들을 양육하는 가장 큰 재료와 바탕은 하나님의 말씀과 하나님 앞에 엎드리는 부모의 기도이다. 이 책의 주인공이신 어머니 이정임 권사의 인생 승부수는 오직 하나님께 대한 확고한 믿음과 기도였다. 네 아들 모두를 하나님의 종으로 세우고 그것도 안심할 수 없어 늘 기도로 오늘날까지 살아오신 어머니의 이야기! 그리고 자녀들의 목회지에서 벌어지는 수많은 사건과 어려움들을 날마다 기도제목으로 삼으셨던 어머니의 삶! 자녀들이 목회의 임기를 다 마치는 날까지 아니 어머니의 생애가 다하는 순간까지 어머니 이정임 권사는 그 기도의 끈을 놓지 않으실 것이다.

어머니의 기도는 언제나 자녀들의 마음을 든든하게 만들었다. 그리고 어려울 때마다 어머니께 기도 요청을 하며 "어머니가 기도하시니까 다 잘 될 거에요"라는 말로 늘 마음을 다잡았다.

앞으로 이 책을 이정임 권사의 자녀 손들이 읽으며 신앙의 자부심과 함께 어머니 혹은 할머니의 삶을 그토록 강하게 만들었던 신앙의 비결을 배우게 될 것이다. 만일 이 책을 읽는 어느 누군가도 이 책을 통해 다시 용기를 얻게 된다면 이 책은 그 역할과 사명을 다 한 것이다. 세상은 너무나도 많은 풍파와 유혹이 있는데, 이 책이 우리의 자녀들의 길을 인도하는 이정표가 되어 주기를 바란다.

이제 마지막 감사의 글로 이 책을 마무리하려고 합니다.
우리 4형제를 대표해서 맏형이신 김일현 목사님이 이 책의 발간사를 쓰셨고, 어린 시절 우리 형제들의 신앙지도를 해 주셨던 조성기 목사님과, 한국목사합창단에서 오랜 세월 함께 생활하며 이끌어주셨던 이형우 목사님, 그리고 이 책을 내기에 앞서 가이드 역할을 충실히 해 주신 박성배 박사님께서 추천사를 써주셨습니다. 그리고 나의 오랜 친구 윤용호 장로가 축사의 글을 써 주었습니다. 그리고 이 글의 교정을 맡아준 우리의 오랜 벗인 허문선 원장님과 아내 홍영옥 선교사, 또한 이 책의 출판을 맡아주신 도서출판 밥북 주계수 사장과 직원들께 감사를 드립니다.

2022년 8월 21일　김태현 선교사

어머니의
인생 승부수

펴낸날 2022년 8월 21일

지은이 김태현
펴낸이 주계수 | **편집책임** 이슬기 | **꾸민이** 전은정

펴낸곳 밥북 | **출판등록** 제 2014-000085 호
주소 서울시 마포구 양화로7길 47 2층
전화 02-6925-0370 | **팩스** 02-6925-0380
홈페이지 www.bobbook.co.kr | **이메일** bobbook@hanmail.net

© 김태현, 2022.
ISBN 979-11-5858-883-0 (03810)